FANTASY

Von Margaret Weis und Tracy Hickman
liegen im Goldmann Verlag folgende Bände vor:

Die Chronik der DRACHENLANZE:

1: Drachenzwielicht (24510)
2: Drachenjäger (24511)
3: Drachenwinter (24512)
4: Drachenzauber (24513)
5: Drachenkrieg (24516)
6: Drachendämmerung (24517)

Die Legenden der DRACHENLANZE:

1: Die Brüder (24527)
2: Die Stadt der Göttin (24528)
3: Der Krieg der Brüder (24530)
4: Die Königin der Finsternis (24531)
5: Der Hammer der Götter (24533)
6: Caramons Rückkehr (24534)

Die Geschichte der DRACHENLANZE:

1: Die Zitadelle des Magus (24538)
2: Der Magische Turm (24539)
3: Die Jagd des Toede (24540)

Weitere Bände folgen.

MARGARET WEIS · TRACY HICKMAN

Die Geschichte der Drachenlanze 3

DIE JAGD DES TOEDE

Aus dem Amerikanischen übertragen
von Marita Böhm

DRAGONLANCE™

GOLDMANN VERLAG

Das Buch erschien im Original
unter dem Titel »Dragonlance Tales,
Volume Two: Kender, Gully Dwarves and Gnomes/1«
bei TSR, Inc., Lake Geneva, WI, USA

Deutsche Erstveröffentlichung

Der Goldmann Verlag
ist ein Unternehmen der Verlagsgruppe Bertelsmann

Made in Germany · 7/91 · 1. Auflage

Published in Federal Republic of Germany by
Wilhelm Goldmann Verlag, München
Deutschsprachige Rechte beim
Wilhelm Goldmann Verlag, München
Umschlaggestaltung: Design Team München
Umschlagillustration: Elmore
Innenillustration: Steve Fabian
Satz: IBV Satz- und Datentechnik GmbH, Berlin
Druck: Elsnerdruck, Berlin
Verlagsnummer: 24540
Redaktion: Antje Hohenstein/SN
Herstellung: Peter Papenbrok
ISBN 3-442-24540-0

Abanasinia
KRYSTALMIRSEE
XAK TSAROTH
SOLACE
Que-kiri
Que-shu
Que-teh
TORWEG-PASS
DÜSTERWALD
HAVEN
QUALINOST
NEUHAFEN
QUALINESTI
Alte Straße
PAX THARKAS

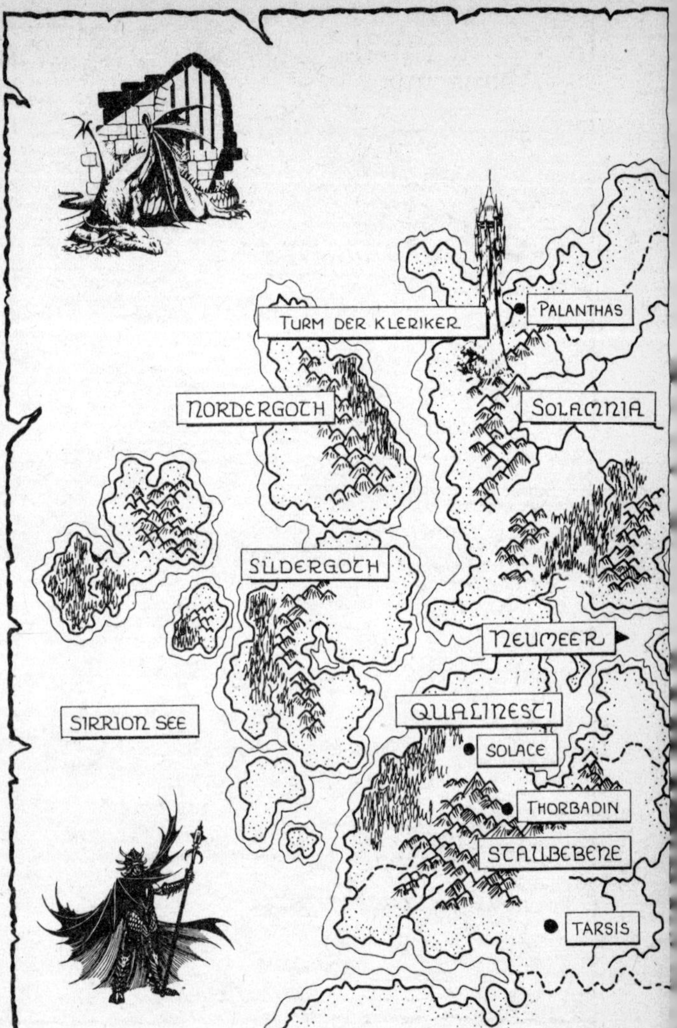
TURM DER KLERIKER
PALANTHAS
NORDERGOTH
SOLAMNIA
SÜDERGOTH
NEUMEER
SIRRION SEE
QUALINESTI
SOLACE
THORBADIN
STAUBEBENE
TARSIS
EISWALL

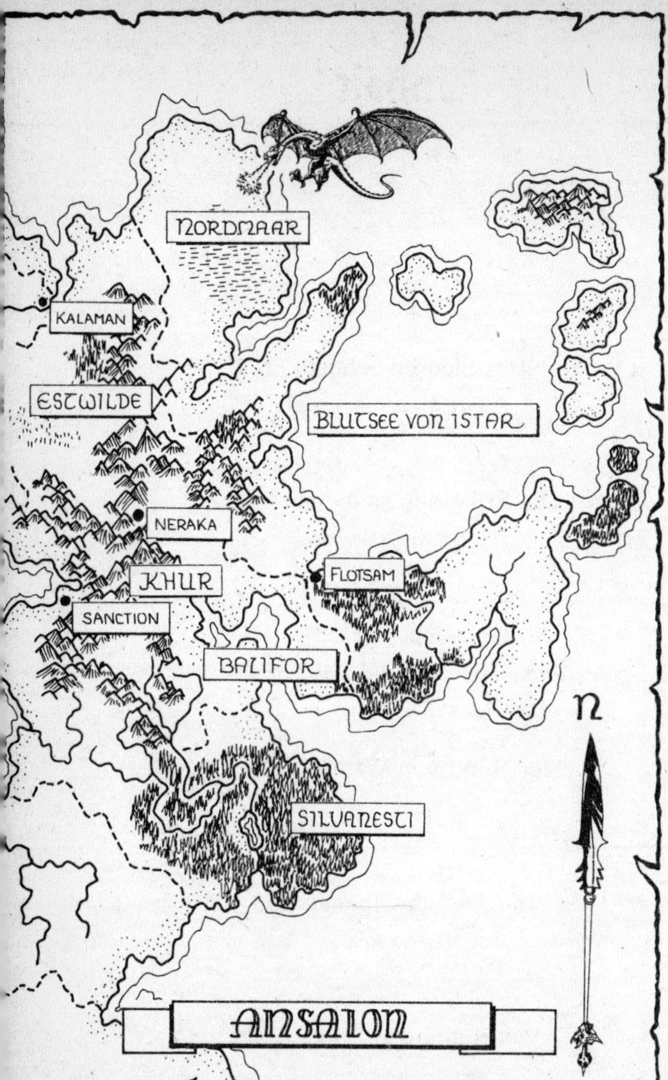

NORDMAAR
KALAMAN
ESTWILDE
BLUTSEE VON ISTAR
NERAKA
KHUR
FLOTSAM
SANCTION
BALIFOR
SILVANESTI
N
ANSALON

Inhalt

Das Lied im Schnee

Nancy Varian Berberick

Tanis ließ den Deckel des Holzbehälters los. Der hohle Klang, als er zuschlug, hätte auch von einem Sarg herrühren können. Die Hoffnung, die während der vielen Stunden ihrer langen Wanderung den Berg hoch so lebendig gewesen war, erstarb abrupt. Der Holzbehälter war leer.

Der tosende Wind pfiff durch die Ritzen des einfachen Unterstands, wirbelte durch den türlosen Eingang und das zerbrochene Dach. Gegen Mittag waren Tanis und seine Freunde vom Sturm überrascht worden. Tief unten in den wärmeren Tälern war der Herbst dem eisigen Atem des Winters noch nicht gewichen. Aber hier oben in den Bergen war der Herbst schon zu ferner Erinnerung verblaßt. Esker lag anderthalb Tage hinter ihnen, Haven war nur in einer zweitägigen Wanderung zu erreichen. Ihre einzige Hoffnung, den Sturm zu überstehen, war diese Schutzhütte gewesen, eine der wenigen, die die Bewohner von Esker und Haven als Zufluchtsort für Wanderer instand hielten, die der Sturm überraschen mochte. Aber jetzt, wo der Schneesturm immer stärker tobte, schien ihre Hoffnung genauso leer zu sein wie der Holzkasten.

Hinter sich hörte der Halb-Elf Tolpan in der düsteren Hütte herumtappen. Sein heiteres Kendergemüt war von den Strapazen der Reise nicht erschüttert worden. Viel gab es nicht zu finden. Steingutscherben lagen verstreut auf dem hartgepreßten

Erdboden. Von dem niedrigen Tisch, dem einzigen Möbelstück in der Schutzhütte, war lediglich ein Haufen von zerbrochenen und gesplitterten Brettern übriggeblieben. Einen Augenblick später hörte Tanis die unmelodischen Töne der Hirtenflöte, auf der Tolpan schon seit Wochen zu spielen versuchte, seit sie zufällig in seinen Besitz gelangt war. Dem Kender war es niemals gelungen, dem schäbigen Instrument andere Töne zu entlocken als etwas, das wie eine Ziege im Todeskampf klang. Aber bei jeder Gelegenheit versuchte er es aufs neue, so wie er stets behauptete, daß die Flöte verzaubert sei. Doch für Tanis war die Wahrscheinlichkeit, daß die Flöte verzaubert war, genauso gering wie die, daß sie sich bald aufwärmen konnten.

»Oh, wie wundervoll – die fürchterliche Flöte«, murrte Flint. »Tolpan! Bitte nicht ausgerechnet jetzt!«

Tolpan flötete weiter, als hätte er ihn nicht gehört.

Erschöpft seufzend wandte sich Tanis Flint zu, der auf seinem Tornister saß und versuchte, den gefrorenen Schnee in seinem Bart mit seinen Händen zu schmelzen, die ebenfalls vor Kälte erstarrt waren. Die leisen Flüche des alten Zwerges waren ein eindringlicher Beweis dafür, wie schmerzhaft dieser Versuch war.

Nur Sturm war still. Er stand an den Türpfosten gelehnt und starrte in den Schneesturm hinaus, als würde er einen Gegner taxieren und so in Schach halten.

»Sturm?«

Der junge Mann drehte dem Tag den Rücken zu, der sich dem Ende neigte. »Kein Holz?«

»Nichts.« Tanis' Stimme zitterte, und dieser Schauder hatte wenig mit der Kälte zu tun. »Flint«, rief er, »Tolpan, kommt her.«

Murrend erhob sich Flint von seinem Tornister.

Widerwillig stellte Tolpan sein Flötenspiel ein und machte voller Neugier einen Abstecher zu dem leeren Holzbehälter.

Den ganzen Tag über war er durch Schnee gehüpft, der ihm bis an die Taille reichte, war aus Schneewehen gezogen und gezerrt worden, die so tief waren, daß nur noch die Spitze seines braunen Haarzopfes die Stelle markiert hatte, an der er versunken war, und hatte dabei gelacht wie ein fröhlicher Schneekobold. Noch immer strahlten seine braunen Augen voller Fragen in einem Gesicht, das von dem bitterkalten Wind leuchtendrot war.

»Tanis, im Behälter ist kein Holz«, sagte er. »Wo wird es denn aufbewahrt?«

»Im Behälter – wenn welches da ist. Es ist aber nichts da, Tolpan.«

»Nichts? Was meinst du, was damit passiert ist? Glaubst du, es hatte sich keine Gelegenheit mehr ergeben, den Behälter aufzufüllen, weil der Sturm so überraschend aufkam? Oder glaubst du, daß man sich gar nicht mehr um die Schutzhütten kümmert? Bei näherer Betrachtung kann man zu dem Schluß kommen, daß hier schon lange niemand mehr war. *Das* wäre eine Schande, nicht wahr? Ohne ein Feuer wird es eine lange, kalte Nacht werden.«

»Na ja«, murrte Flint, »vielleicht nicht so lange, wie du glaubst.«

Hinter sich hörte Tanis, daß Sturm kurz und heftig Atem holte. So wie Tolpan durch den Schneesturm getollt war, hatte sich Sturm mit der ganzen festen Entschlossenheit abgekämpft, die er aufbringen konnte. Jedes Mal, wenn Tolpan eingebrochen war, war Sturm an Tanis' Seite gewesen und hatte geholfen, ihn wieder herauszuziehen. In seiner ihm angeborenen Ritterlichkeit war er stets vor Flint gegangen, hatte ihn vor dem eisigen und beißenden Wind abgeschirmt und einen breiteren Pfad geschaffen, als er für den alten Zwerg hätte machen müssen, der zwar murrte und schimpfte, aber niemals um Hilfe bitten würde.

Tanis wußte, daß der junge Mann trotz allem niemals einen Schneesturm wie diesen erlebt hatte. Er hat seine Sache gut gemacht, und es ist eine Schande, daß ich ihn trotzdem wieder mit hinausnehmen muß, sagte sich der Halb-Elf.

Ein tosender Wind, feucht von Schnee und bitterkalt, blies aus dem Norden. Von der Kletterei zu dieser Schutzhütte, in der nun doch kein Holz war, taten Tanis alle Knochen weh, und von der Kälte war er starr und steif. Er wollte alles andere, als sich wieder in diesen heulenden Sturm hinauswagen zu müssen. Aber es blieben ihm nur zwei Möglichkeiten: entweder der sichere Tod in dieser langen, schwarzen, kalten Nacht oder ein weiterer Marsch hinaus in die Kälte. Im Grunde war es keine schwierige Entscheidung.

»Soweit wird es nicht kommen, Flint. Wir werden ein Feuer machen.«

Der Zweifel war Flint in die harten Gesichtszüge geschrieben. Tolpan sah von dem Holzbehälter zu Tanis hoch. »Aber wir haben kein Holz, Tanis. Ich verstehe nicht, wie wir ohne Holz ein Feuer machen können.«

Tanis holte tief Atem, um gegen seine aufsteigende Ungeduld anzukämpfen. »Wir werden Holz haben. Auf dem Weg hierher sind wir an einem Kiefernwäldchen vorbeigekommen. Sturm und ich können dort sicher genügend Holz holen und vor Einbruch der Nacht zurück sein.«

Tolpan wurde lebhaft. Jetzt würde es etwas anderes zu tun geben, als sich auf eine lange, kalte Nacht einzurichten und sich zu fragen, was das wohl für ein Gefühl wäre, zu Eis zu gefrieren. Er zog seine warme Fellweste enger um sich und marschierte zur Türöffnung. »Ich komme auch mit«, verkündete er voller Zuversicht, daß sein Angebot dankbar angenommen würde.

»O nein.« Tanis packte mit beiden Händen die Schultern des Kenders und schob ihn zurück. »Du bleibst mit Flint hier.«

»Aber, Tanis…«

»Doch. Es ist mein Ernst, Tolpan. Die Schneeverwehungen werden immer höher. Da können nur Sturm und ich zurechtkommen.«

»Aber du wirst meine Hilfe *brauchen,* Tanis. Ich kann Holz tragen, und wir werden eine Menge benötigen, wenn wir heute nacht nicht erfrieren wollen.«

Tanis warf Flint einen Blick zu. Er erwartete, daß sein alter Freund ein ähnliches Argument vorbringen würde. Vorsichtshalber schüttelte er grimmig den Kopf, und Flint, der die Weisheit von Tanis' Entscheidung anerkannte, wenn sie ihm auch nicht gefiel, nickte zustimmend. Mit einem mürrischen Seufzer suchte Flint das Holz des zerbrochenen Tisches in der Schutzhütte zusammen.

»Das ist doch etwas«, murmelte er. »Sturm, hilf mir bitte.«

Tanis, der jetzt mit Tolpan alleine war, hockte sich hin. In Tolpans großen, braunen Augen lauerte Meuterei, und sein Starrsinn zeigte sich an seinen zusammengepreßten Kiefern und verriet Tanis, daß er den Kender nur mit einer Aufgabe zum Bleiben bewegen konnte, von der er überzeugt sein mußte, daß sie zumindest so wichtig, wenn auch nicht so interessant war wie das Holzsammeln.

»Tolpan, jetzt hör mir mal zu. Uns bleiben nicht viele Möglichkeiten. Ich habe noch nie erlebt, daß ein Sturm so plötzlich oder so frühzeitig aufgekommen ist wie dieser. Aber das ist jetzt der Fall, und heute nach wird es so kalt sein, daß wir ohne ein Feuer nicht überleben werden.«

»Ich weiß! Darum will…«

»Nein. Laß mich ausreden. Ich brauche dich hier, damit du bei Flint bleibst. Es wird eine gefährliche Wanderung werden. Die Wege, die wir erst vor kurzer Zeit angelegt haben, sind bereits wieder zugeschneit. Ich werde kaum in der Lage sein, die notwendigen Orientierungspunkte auszumachen, um den Weg zu den Kiefern zu finden. Ich muß wissen, daß ihr beide hier seid, falls wir euch brauchen.«

»Aber, Tanis, du wirst mich beim Holzsammeln *brauchen.*«

Das Angebot war aufrichtig, das wußte Tanis. Aber wie in einem Fluß, in dem man deutlich den glitzernden Sandboden erkennen kann, sah er auch die schelmische Kenderlogik in Tolpans Augen funkeln. Tolpan hatte weder Furcht vor der Kälte noch vor dem Wind. Die Aussicht, eine Wanderung zu den Kiefern unternehmen zu können, erfüllte ihn mit Vorfreude, daß sich eine neue Möglichkeit bot, seine unstillbare Neugierde zu befriedigen. Die hatte den Kender schon oft an den bröckeligen Rand vieler Katastrophen geführt.

Aber ich habe Angst! dachte Tanis. Und es wird Tolpan nicht schaden, davon zu erfahren, wenn er dann wenigstens hier bleibt.

»Tolpan, der sicherste Weg, diese Nacht nicht zu überleben, ist der, daß wir uns alle vier über diesen Berg verstreuen. Das ist fürwahr der schnellste Weg zu sterben. Wir müssen vorsichtig sein, und Sturm und ich müssen uns auf euch beide verlassen können, daß ihr hierbleibt, für den Fall, daß einer von uns wegen Unterstützung zurückkommen muß. Verstehst du?«

Tolpan nickte langsam und versuchte, seine Enttäuschung mit Hilfe der plötzlichen Erkenntnis zu überwinden, daß Tanis ihm vertraute und auf ihn angewiesen war.

»Und ich kann mich auf dich verlassen?«

»Ja, du kannst dich auf mich verlassen«, erwiderte Tolpan feierlich. Insgeheim fürchtete er, daß das Zurückbleiben, auch wenn er sich jetzt dadurch noch so rechtschaffen vorkam, ein klein wenig langweilig werden könnte.

Trotz der Kälte und des heftigen Windes, der jetzt durch die offene Tür Schnee hereinwirbelte, schenkte Tanis dem Kender ein Lächeln. »Gut. Warum hilfst du dann nicht Flint und sagst Sturm Bescheid, daß wir jetzt aufbrechen?«

Einen Augenblick schien es Tanis so, als sei seine Belehrung nicht überzeugend gewesen. Er sah den Kampf in Tolpan zwischen dem, was er gern gemacht hätte, und dem, was er versprochen hatte, so deutlich in seinem Gesicht, als würde er eine der kostbaren Landkarten des Kenders lesen. Aber der Kampf war kurz, und Tolpans Versprechen trug den Sieg davon.

Sturm leerte seinen und Tanis' Tornister. Er holte zwei kleine Handäxte hervor, prüfte ihre Klingen und machte sich zum Aufbruch bereit. Tanis bevorzugte in Gefahrensituationen Pfeil und Bogen und ließ daher sein Schwert bei Flint.

»Das ist nur überflüssiges Gewicht und wohl nicht erforderlich«, erklärte er und reichte dem alten Zwerg die Waffe.

»Tanis, gibt es keine andere Möglichkeit? Mir gefällt das nicht.«

Tanis legte eine Hand auf die Schulter seines Freundes. »Du wärst der einzige, wenn es dir gefiele. Mach dir keine Sorgen; bei der Kälte draußen werden wir uns beeilen. Paß nur auf, daß Tolpan bei dir bleibt. Er hat es zwar versprochen, aber...«

Flint lachte grimmig auf. »Ja, *aber*. Keine Angst! Wir werden beide hier sein, wenn ihr zurückkommt.« Hohe, quietschende Töne von Tolpans Flötenspiel wehten durch die Hütte. Flint zuckte zusammen. »Auch wenn es eine andere Sache ist, ob wir beide nicht bis dahin den Verstand verloren haben.«

Voller dumpfer Befürchtungen beobachtete Flint Tanis und Sturm beim Aufbruch. Tolpan schlich sich zu ihm und blieb dicht neben dem alten Zwerg stehen. Er wünschte ihnen noch viel Glück, bezweifelte aber, daß sie seinen Zuruf bei dem lauten Sturm hatten hören können.

»Dann komm jetzt«, murrte Flint. »Es hat keinen Sinn, noch länger im Wind zu stehen, als unbedingt erforderlich. Wir sollten lieber das beste Anzündmaterial aus diesem Holz sortieren. Wenn die beiden zurückkehren, werden sie ziemlich durchgefroren sein und so schnell wie möglich ein Feuer nötig haben.«

Tolpan blieb jedoch im türlosen Eingang stehen. Der tosende, heulende Schneesturm hatte bereits die Spuren von Sturm und Tanis verschluckt. Schon jetzt bedauerte er sein Versprechen.

Ich würde diese Bäume sofort finden! dachte er. Für Tolpan war Denken und Handeln eins. Er stopfte die Flöte in den Gürtel und trat hinaus in den Sturm, der ihm die Sicht nahm. Der Wind riß ihn heftig mit sich, und er lachte aus reiner Freude darüber, wie er sein kraftvolles Antreiben spürte und sein donnerndes Tosen hörte. Doch schon nach wenigen Schritten packten ihn zwei grobe Hände hinten an der Weste und zerrten ihn in die Hütte zurück.

»Nein, das wirst du *nicht* tun!«

»Aber, Flint...«

Das Feuer in den Augen des alten Zwerges hätte eine ganze Kompanie wärmen können. Sein Gesicht, fand Tolpan, dürfte eigentlich nicht mehr diesen interessanten Rotton haben, da er ja nicht mehr im Wind stand.

»Ich will nur ein paar Meter gehen, Flint. Ich komme sofort zurück, das verspreche ich.«

Flint schnaubte. »So wie du Tanis versprochen hast, hierzubleiben? Dieser Bursche ist ein Dummkopf, daß er sich auf das Versprechen eines Kenders verläßt.« Flints finsterer Blick wanderte von Tolpan zu dem heftigen Sturm. »Aber er kann sich auf mein Versprechen verlassen. Ich habe ihm gesagt, daß du hierbleibst, und du bleibst hier.«

Tolpan überlegte, welche Möglichkeiten er hatte, an dem alten Zwerg vorbeizukommen, der zwischen ihm und dem Eingang stand. Nun, dachte er, ich könnte schnell unter Flints Arm davonflitzen. Lächelnd bereitete er sich auf den Spurt vor, aber dann fing er einen finsteren, gefährlichen Blick aus Flints Augen auf und entschied sich dagegen. Immerhin hatte er Tanis sein Versprechen gegeben, das zwar spinnwebendünn war, aber noch einigermaßen zusammenhielt. Und womöglich gelang es ihm, sich die Zeit zu vertreiben, indem er versuchte, endlich die Magie in seiner Flöte zu finden.

Auf jeden Fall würde es ein sehr langer und kalter Nachmittag werden.

Unter dem Schutz der breitverzweigten und dicht nebeneinander wachsenden Kiefern auf dem leicht ansteigenden Hügel schien der Sturm weit entfernt zu sein. Der Waldboden war bedeckt mit Unterholz und umgestürzten Bäumen, Tanis steuerte auf einen Platz unter den Kiefern zu, wo der Schnee den Boden und die umgestürzten Bäume nur mit einer dünnen Schicht bedeckte.

»Such erst zusammen, was du finden kannst«, wies er Sturm an. »Es wird einfacher sein, wenn wir kein Holz schneiden müssen.«

Es hatte länger gedauert, die Kiefern zu erreichen, als er gedacht hatte. Obwohl er unter den Bäumen kaum einen Unterschied in der Helligkeit ausmachen konnte, wußte er aus sicherem Instinkt, daß die Nacht bereits hereinbrach. Der treibende Schnee war heller und nicht mehr so grau wie tagsüber. Nur eine Stunde zuvor war der Himmel noch grau wie nasser Schiefer gewesen. Inzwischen hatte er sich zu einem unheilvollen Schwarz verfärbt, das alle Helligkeit schluckte. Alles *fühlte* sich wie unter einem Nachthimmel an, denn Tanis konnte weder Mond noch Sterne sehen. Die Luft war kalt und schneidend wie gefrorene Klingen.

Sie arbeiteten so schnell, wie es ihre vor Kälte erstarrten und steifen Hände erlaubten, und füllten ihre Tornister mit soviel Holz, wie sie tragen konnten. Bei sparsamer Anwendung mußte es ausreichen, sie in der Nacht vor dem Erfrieren zu bewahren.

Tanis verstaute das letzte Stück Holz in seinem Tornister,

verschnürte ihn und sah sich nach Sturm um. Er machte ihn als dunkle Gestalt aus, die vor seinem Tornister kniete und sich gegen die Kälte zusammenkauerte.

»Fertig?« rief Tanis.

Sturm schaute sich um. »Ja, wenn du nur hilfst, den Tornister zu schultern.«

Es ging schnell, bis Sturm sich seinen schwer beladenen Tornister aufgeladen hatte. »Sitzt er richtig?« fragte Tanis und sah zu, wie der Junge sich anspannte und versuchte, das Gleichgewicht zu finden.

»Sitzt. Jetzt bist du dran.«

Der Halb-Elf biß die Zähne zusammen und unterdrückte ein Stöhnen, als Sturm ihm die Last auf den Rücken wuchtete. »Götter«, flüsterte er, »wenn ich mir etwas wünschen könnte, dann würde ich gerne ein Packesel sein, stark genug, um diese Last mühelos zu tragen!«

Zum ersten Mal an diesem Tag lächelte Sturm. Seine weißen Zähne blitzten in der Düsterheit des Waldes auf. »Das ist ein komischer Wunsch, Tanis. Aber ich verspreche dir, daß ich dich behutsam führen werde, wenn er in Erfüllung gehen sollte.«

Tanis lachte und vergaß einen Augenblick die Kälte. Sturms Lächeln war wie das Aufleuchten der Sonne, wenn sie hinter dunklen Wolken hervorkam, stets willkommen, da es so selten geschah. Zu Beginn der Reise hatte sich Tanis gefragt, ob es eine kluge Entscheidung war, den Jungen mitzunehmen. Zu Tanis' Überraschung war es Flint gewesen, der gedrängt hatte, daß Sturm mit von der Partie sein sollte.

»Du führst ständig seine Unerfahrenheit an«, hatte der Zwerg gekontert, »aber ich möchte gerne wissen, wie er überhaupt Erfahrungen sammeln soll, wenn er Solace nie verläßt.«

Das war ein triftiges Argument, hatte Tanis damals eingesehen. Aber er hatte erst nachgegeben, als er bei Flints bewußt und sorgfältig eingesetztem Schweigen wie ein Echo von den

Erinnerungen an einen anderen unerfahrenen Jungen überwältigt worden war: von Erinnerungen an seine eigene Jugend. Gegen dieses Argument hätte er nicht angehen können. Am Ende stimmte er zu, Sturm mitzunehmen. Schließlich handelte es sich um eine kurze Reise mit einem klaren Ziel.

Und Sturm – das mußte anerkennend gesagt werden – hatte nicht über die Härten des unvorhergesehenen Unwetters geschimpft, sondern die Herausforderung angenommen und sich mit einer ernsten und würdevollen Höflichkeit, die in merkwürdigem Kontrast zu seiner Jugend stand, Tanis' Führerschaft gebeugt.

Na denn, jetzt haben wir uns wohl genügend ablenken lassen, dachte der Halb-Elf, richtete seinen Tornister und stapfte mit steifen Füßen durch den Schnee. Vergeblich mühte er sich, seinen Kreislauf anzuregen, da sein Blut mit aller Sicherheit schon fast gefroren sein mußte.

»Komm schon, Sturm. Je schneller wir zurückkehren, um so glücklicher werden wir alle sein. Tolpan wird sein Versprechen, daß er in der Hütte bleibt, nicht lange halten. Wenn du mithalten würdest, würde ich um alles, was dir gefällt, wetten, daß wir zwar einen langen und mühseligen Marsch vor uns haben, aber Flint mit der schlimmeren Aufgabe betraut ist.«

Als sie unter dem Schutz der Bäume hervor in den tobenden Sturm traten, dachte Tanis, daß er, wenn er einen Wunsch frei hätte, lieber auf den kräftigen Rücken eines Esels verzichten und statt dessen um den fein entwickelten Spürsinn eines Hundes bitten würde, damit er den Weg zur Hütte finden konnte. Der Wind hatte ihre Spuren gänzlich ausgelöscht.

Flint starrte in die Nacht hinaus und hatte den gleichen Gedanken wie Tanis, daß diese Reise eigentlich problemlos hätte sein sollen. Es war eine Wanderung von nur wenigen Tagen nach Esker gewesen. Der wohlhabende Anführer des Dorfes hatte sie voller Spannung willkommen geheißen und war über das Paar silberner Kelchgläser hocherfreut gewesen, die er im Sommer zuvor in Auftrag gegeben hatte. Die Kelchgläser mit ihren formvollendeten Stielen, vergoldeten Innenseiten und juwelenbesetzten Kelchen waren als Hochzeitsgeschenk für seine geliebte Tochter gedacht. Flint hatte lange Zeit an der Gestaltung gearbeitet und die feinsten Juwelen für die Verzierung und das reinste Silber für die Ausführung besorgt. Sie gefielen seinem Kunden so gut, daß er nicht einmal geneigt war, um den Preis zu feilschen, wie es sonst üblich war.

Ja, dachte Flint, das waren wirklich Schönheiten gewesen, und jetzt werden sie uns wahrscheinlich das Leben kosten.

Der unmelodiöse und wimmernde Ton von Tolpans Hirtenflöte erfüllte die Schutzhütte und wetteiferte mit dem Heulen des Sturmes. Die Töne spannten Flints Nerven mit jedem Augenblick mehr an. Die Flöte schien niemals eine Melodie zu finden, schien sich niemals an etwas zu gewöhnen, was einer Harmonie ähnelte.

»Tolpan«, keifte er. »Wenn du schon an diesem elenden Ding herumpfuschen mußt, kannst du dann nicht wenigstens eine Melodie finden und sie spielen?«

Abrupt wurde das Flötenspiel unterbrochen. Tolpan erhob sich und kam zu Flint herüber, der nahe der Tür stand. »Das würde ich ja, wenn ich könnte. Aber das ist das Beste, was ich überhaupt herausbekomme.«

Bevor Flint Einspruch erheben konnte, spielte Tolpan weiter. Das fürchterliche Kreischen schwoll um so mehr an, je höher die Töne wurden, und stellte Flints Geduld, die in bezug auf Tolpan niemals stark war, auf eine harte Probe, bis sie wie Scherben, so scharf und hart wie Eisnadeln, zersprang.

»Es reicht!« Er riß Tolpan die Flöte aus der Hand. Aber noch bevor er sie durch die Hütte schleudern konnte, war der Kender hochgesprungen und hatte sie mit Leichtigkeit zurückerobert.

»Nein, Flint! Meine Zauberflöte!«

»Zauber! Jetzt fang nicht schon wieder damit an! In diesem Ding steckt weder Zauber noch Musik.«

»Aber doch, Flint. Der Schäfer hat mir erklärt, daß ich die Magie finden würde, wenn ich erst die Musik gefunden hätte. Und die Musik würde ich finden, wenn ich mich am meisten danach sehnen würde. Jetzt möchte ich es wirklich, aber offenbar bin ich dazu außerstande.«

Flint kannte diese Geschichte bereits. Auch wenn jedesmal die Umstände und einige genauere Einzelheiten sich änderten, so war der Kern der Geschichte immer gleich: Ein Schäfer hatte Tolpan die Flöte geschenkt und versichert, sie wäre verzaubert. Aber er hatte dem Kender nicht die magische Eigenschaft der Flöte verraten.

»Du wirst die Magie herausfinden«, hatte er angeblich gesagt, »wenn du die Musik entschlüsselst. Und wenn sie dir gedient hat, mußt du sie weiterreichen, so wie ich sie jetzt dir weiterreiche, denn die Magie kann nur einmal von dem genutzt werden, der sie freigelassen hat.«

Flint war überzeugt, daß Tolpan das Instrument eher auf dieselbe Weise erworben hatte, wie er an die meisten Gegenstände geriet. Eine kurze, glaubwürdige Ablenkung, eine kaum wahrnehmbare Handbewegung, und ein Schäfer verbringt die nächste Stunde damit, seine Flöte zu suchen. Womöglich konnte er sich glücklich schätzen, daß die Hälfte seiner Herde nicht auch noch verschwunden war!

»In ihr ist keine Magie«, widersprach Flint. »Wahrscheinlich ist bei ihrer Herstellung etwas schiefgelaufen. Hör damit auf, Tolpan, und laß mich in Ruhe und Frieden warten.«

Mit einem Seufzer, der direkt aus seinen Zehenspitzen zu kommen schien, ging Tolpan zu seinem Platz zurück. Er ließ sich auf den eiskalten Erdboden fallen und stützte sich mit dem Rücken gegen seinen Tornister. Im Kopf konnte er das Lied hören, das er auf seiner Flöte spielen wollte. An manchen Stellen war es sanft und sehnsüchtig, und an anderen wiederum lebhaft, ja fast verspielt. Es wäre eine hübsche Melodie, ein Lied für den Schnee. Warum, wunderte er sich, konnte die Flöte denn bloß nicht diese Melodie spielen?

Der Schneesturm tobte und rüttelte an den Wänden der kleinen Hütte. Inzwischen hatte die Nacht ihre eisige Herrschaft über das Gebirge angetreten. Tolpan fiel auf, daß Sturm und Tanis viel länger als geplant unterwegs waren.

Während er sich von der Erinnerung an die Melodie treiben ließ, die er zwar hörte, aber nicht spielen konnte, dachte er, daß es lediglich so schien, als ob die Warterei ewig dauerte. Vermutlich waren Tanis und Sturm erst vor einigen wenigen Augenblicken aufgebrochen. Es würde eine Zeit dauern, bis sie zu den Bäumen gelangten, bis sie Holz gefunden und ihre Tornister gefüllt hätten. Trotzdem war er überzeugt, daß es viel schneller gegangen wäre, wenn er sie begleitet hätte. Und drei konnten viel mehr tragen als zwei. Tanis' Argumente, die ihn zuvor zu seinem Versprechen veranlaßt hatten, wurden Tolpan jetzt immer unklarer. Er wünschte, er wäre mitgegangen!

Vielleicht lag es an der Kälte, daß er zu zittern begann. Oder an dem jähen, seltsamen Wechsel, der im Lied des Sturmes eingetreten war. Was auch immer es war, Tolpan stellte fest, daß seine Musik verklungen war und ihn verlassen hatte.

Der Wind brauste und heulte. Der Schnee, der mittlerweile stärker fiel als am Nachmittag, war wie ein grauer Wollvorhang. Enttäuscht legte Tolpan die Flöte beiseite und stellte sich an die Tür.

»Hört sich der Wind nicht komisch an?«

Flint gab keine Antwort, sondern blieb schweigsam sitzen und spähte in den Sturm.

»Flint?«

»Ich habe dich gehört.«

»Es hört sich an wie… Ich weiß nicht.« Tolpan neigte den Kopf, um besser lauschen zu können. »Wie heulende Wölfe.«

»Das sind keine Wölfe. Es ist nur der Wind.«

»So habe ich den Wind noch nie gehört. Also, einmal habe ich schon erlebt, wie er sich *beinahe* wie Wölfe angehört hatte. Aber es war doch eher wie ein Hund gewesen. Manchmal hört man einen Hund in der Nacht heulen, und man denkt, es wäre ein Wolf, aber das stimmt nicht, weil sich nämlich Wölfe ganz anders anhören. Wilder, nicht so einsam. Das hört sich nach Wölfen an, Flint, findest du nicht? Aber ich habe noch nie von Wölfen gehört, die während eines Schneesturms jagen, außer wenn sie *wirklich* am Verhungern sind.« Tolpan runzelte die Stirn, weil ihm eine Geschichte einfiel, die er einmal gehört hatte. »Ein Dorf hoch oben im Gebirge in Khur wurde einst von Wölfen während eines Schneesturms angegriffen. Ich habe es nicht erlebt, aber mein Vater, der mir später davon erzählt hat. Er sagte, es wäre wirklich interessant gewesen, wie die Wölfe nach Einbruch der Dunkelheit eingefallen wären und sich an alles herangepirscht hätten, was wie gutes Fressen aussah. Und er betonte, es wäre *erstaunlich,* was Wölfe als gutes Fressen ansähen, wenn sie am Verhungern wären…«

»Wirst du wohl den Mund halten! Und wenn du schon dabei bist, hör auf, dir Sachen vorzustellen, die nicht existieren!« Flint, der vor Wut die Zähne zusammenbiß und vor Angst, daß der Kender die Geschichte von hungernden Wölfen und Schneestürmen ausgiebig schildern würde, erhob sich. Von der Kälte war er steif, und ihn schmerzten alle Glieder. »Wenn du schon etwas tun mußt, dann hilf mir beim Feuermachen.«

»Womit, Flint?«

»Mit diesen alten Brettern und…« Flint dachte an die Holzstücke in seinem Tornister. Er stieß einen schweren Seufzer voller Bedauern über den Verlust seines Schnitzholzes aus. »Und was immer ich in meinem Tornister habe.«

»In Ordnung.« Aber Tolpan blieb an der Tür stehen. Es *waren* heulende Wölfe, davon war er jetzt überzeugt, und nicht der Wind. Vor seinem geistigen Auge konnte er sie sehen: große, kräftige Tiere, grau wie der stürmische Himmel, Augen, die vor Hunger leuchteten, und Fänge, so scharf wie die Klinge seines kleinen Dolches. Sie sprangen über die Schneeverwehungen und schlichen durch die Mulden, hielten an, um in der Luft zu schnuppern, heulten in diesem unheimlichen Klageton über ihre leeren Bäuche und setzten mit riesigen Sprüngen ihren Weg fort.

Sein Vater hatte ihm auch erzählt, daß die großen, grauen Wölfe gegen den schneeigen Himmel beinahe unsichtbar wären. Als er lauschend den Kopf hob, glaubte er, daß das Heulen näher gekommen wäre. Er bräuchte nicht weit zu gehen, um einen schnellen Blick auf die Tiere erhaschen zu können. Sein Versprechen Tanis gegenüber und die unwillige Flöte waren schon vergessen, als er entschied, daß er die Wölfe – sichtbar oder unsichtbar – einfach sehen mußte.

Tolpan prüfte kurz, ob Flint ihn beobachtete, lächelte glücklich und schlüpfte hinaus in den Sturm.

»Tanis!« Sturm war eine Armeslänge hinter dem Halb-Elfen. Dennoch konnte er Tanis lediglich als einen blassen, dunklen Umriß erkennen. Er hörte kaum seine eigene Stimme, als er gegen den heulenden Wind anschrie, und erkannte, daß Tanis ihn überhaupt nicht verstehen konnte. Er packte Tanis am Arm und brachte ihn zum Halten.

»Hör mir zu!« Sturm brachte seinen Tornister in eine bequemere Lage und trat näher an Tanis heran. »Du willst mir doch nicht wieder weismachen, daß das der Wind ist, oder? Das sind Wölfe!«

Es stimmte tatsächlich. Tanis hatte das Märchen mit dem Wind teilweise um Sturms willen erzählt, teilweise um seiner selbst willen. Aber inzwischen hielt er es für sinnlos. »Ich weiß! Aber wir müssen weiter, Sturm! Wir dürfen nicht zulassen, daß sie sich zwischen uns und die Sturmhütte stellen!«

»Wegrennen? Du willst, daß wir wegrennen?« Der Gedanke, daß sie vor einer Gefahr fliehen sollten, ließ ein verächtliches Zucken über das Gesicht des Jungen streifen. Dennoch lag unter seiner Empörung eine instinktive Angst. Und sie blieb Tanis nicht verborgen, auch wenn Sturm es so sehr gehofft hatte.

Tanis' freudloses Lachen wurde vom Wind erfaßt und davongetragen. »Ja, das will ich! Und das Beste, was wir machen können, ist, uns durchzuschlagen. Wir brauchen uns nicht wegen dieses Rückzugs zu schämen, Sturm. Wir sind einem Rudel Wölfe nicht gewachsen, und Flint und Tolpan würden unseren Mut keineswegs schätzen, wenn sie sich beim Erfrieren darüber Gedanken machen sollten.«

Wenn er auch sehr ruhig gesprochen hatte, war seine Bemerkung eine Maßregelung, die Sturm einsah und bereitwillig annahm. »Ich bin es nicht gewohnt zu fliehen, Tanis«, erwiderte er ernst. »Aber genauso wenig bin ich es gewohnt, Freunde im Stich zu lassen. Geh voran.«

Sturm, dachte Tanis, während er versuchte, sich zu orientieren, für dein Alter bist du zu ernst! Aber ja, ich werde vorangehen...

Aber das war ein anderes Problem. Wie weit waren sie gekommen? Tanis konnte es nicht mehr erkennen. Er war jetzt sturmblind und konnte bei dem gnadenlosen Wind, der ihnen Eis und Schnee ins Gesicht trieb, kaum die Augen offenhalten. Als sie die Schutzhütte verlassen hatten, hatte der bitterkalte Wind von hinten gewütet. Solange er ihnen ins Gesicht fegte, sich in ihre Haut schnitt und an ihrer Kleidung riß, konnten sie ziemlich sicher sein, daß sie den richtigen Weg eingeschlagen hatten. Tanis wollte lieber nicht daran denken, was geschehen konnte, wenn sich der Sturmwind plötzlich drehte.

Wahrscheinlich findet jemand unsere Knochen im Frühling, wundert sich und bedauert unser Schicksal. Mit diesem grausigen Gedanken zog Tanis die Schultern hoch und senkte den Kopf, um die Augen vor dem tosenden Sturm so gut wie möglich zu schützen. Mit jedem Schritt wurden seine Beine schwerer, und jede Bewegung wurde mühsamer. Sein Hals und seine Schultern schmerzten unter der Last des Holzes. Und das Geheul der Wölfe kam immer näher.

Es *schien* nur eine nicht enden wollende Wanderung zu sein, sagte er sich, während er durch eine weitere Schneewehe stapfte. Schon bald würden sie zurück in der Schutzhütte sein. Dann würde der Sturm ruhig über den Bergen toben können, dann würden die Wölfe heulen können, bis sie heiser würden. Es würde keine Rolle mehr spielen. Tanis konnte Flint fast hören, wie er über die zwei jungen Narren schimpfte und murrte, die nicht sofort zurückkehrten, sondern sich herumtreiben mußten, um bei dem Umwetter umzukommen. Derweilen würde Tolpan pausenlos plappern und unaufhörlich Fragen stellen. Mit dem erbärmlichen Holz würden sie ein knisterndes Feuer machen und Hände und Füße aufwärmen, die sie jetzt nicht mehr spüren konnten.

Tanis drehte sich um und wollte Sturm, der sich schweigend dahinschleppte, auch Mut machen. Er blinzelte in das Schneetreiben, das ihn fast blind machte.

»Sturm! Sturm!« schrie er.

Sturm schaute auf. Seine Haare waren mit Eis überzogen, und lange, weiße Streifen von der Kälte zeichneten sein Gesicht. »Was?«

»Schnell! Wir sind fast...«

Vielleicht geschah es aus Instinkt, daß Tanis unverzüglich seinen Tornister fallen ließ und nach Pfeil und Bogen griff. Vielleicht war es auch das Entsetzen in Sturms weitaufgerissenen Augen. Er hatte nicht das Aufheulen des Wolfes gehört, auch nicht das lechzende Knurren seines Gefährten. Er spürte nur das schwere Gewicht, das von hinten gegen seine Knie drückte und ihn mit voller Wucht mit dem Gesicht in den Schnee schleuderte.

Sein Bogen lag unter ihm, und sein Dolch steckte noch im Gürtel. Wie ein heißer Strom breitete sich die Angst in seinem Körper aus. Er schob das Kinn dicht an die Brust und preßte beide Hände über den Hinterkopf, um Nacken und Kehle zu schützen. Der warme Atem des Wolfes, von seiner letzten Beute noch stinkend, ließ Übelkeit in ihm hochkommen. Kräftige Kiefer schnappten über ihm, ohne jedoch seinen Hals und seine Kehle zu erreichen. Der Wolf grub seine Krallen in seinen Rücken, zerrte an dem dicken Stoff seines Umhangs, riß Umhang und Ledertunika entzwei und legte sein Fleisch bloß. Seine Augen glänzten in grünem Feuer, und sein Maul war ein keuchender, dunkelroter Schlund.

Tanis wehrte sich und trat um sich. Er hatte nur noch den Gedanken ans Überleben im Sinn. Langsam stemmte er sich mit dem Rücken hoch. Sein Kopf lag noch tief, als er seine Hände vom Nacken löste und den Dolch fand. Der Wolf richtete sich auf und versuchte, sein Gleichgewicht wiederzufinden, und einen Augenblick lang ließ er den Bauch ungeschützt. Tanis hielt den Dolch fest umklammert. Mit seiner ganzen Kraft warf er sich zurück. Die Klinge seines Dolches trieb er bis ans Heft in den Bauch des Wolfs. Mühsam keuchend zog und zerrte er weiter, bis er auf den Brustknochen stieß. Das Tier stürzte und fiel tot in den Schnee zurück.

Einen schmerzhaften Augenblick lang blieb Tanis schaudernd und vor Angst gelähmt auf dem Rücken liegen. Der Schweiß gefror auf seinem Gesicht, und Übelkeit verkrampfte seinen Magen. Sein Atem ging stoßweise und schmerzend und klang wie das Pumpen eines Blasebalgs. Dunkles Blut bildete Pfützen und dampfte in der eiskalten Nacht.

In der Nähe heulte ein anderer Wolf auf. Dieser Herausforderung folgte unmittelbar ein blutgieriges Röcheln und ein entsetzter Schmerzensschrei. So entsetzlich laut, daß Tanis nicht unterscheiden konnte, ob er aus den Lungen eines Menschen oder eines Tieres kam.

Sturm! Der kupferartige, muffige Geruch von frischem Blut erfüllte die Luft. Tanis rappelte sich auf. Der tosende Wind hatte ihn blind gemacht und zerrte an ihm. Er konnte nichts sehen!

Obwohl Sturm bei Übungskämpfen seine Klinge stets mit einer Zuversicht zu benutzen wußte, die selten enttäuscht wurde, hatte er doch erst einmal sein Schwert mit Blut befleckt, und das gegen einen menschlichen Gegner, dessen Bewegungen er bis zu einem gewissen Grad hatte abschätzen können. Konnte er sich gegen einen Wolf verteidigen, der mit der Verzweiflung eines hungernden Raubtieres selbst in Reichweite eines Schwertes angriff?

Auf dem gefrorenen Schnee rutschte Tanis, als er dorthin lief, wo der Blutgeruch am stärksten war. Er stürzte auf die Knie und kam fluchend wieder auf die Füße.

»Sturm!« schrie er. Im selben Moment dachte er, daß sich kein Wintersturm so trostlos anhören konnte. »Sturm! Wo bist du?«

Tanis fand Sturm im Schnee sitzen, wo er sich über seine hochgezogenen Knie kauerte. Der zweite Wolf lag ausgestreckt hinter ihm, der Kopf war beinahe vom Hals abgetrennt. Daneben lag Sturms Schwert, an dem schnell gerinnendes Blut klebte. Tanis rutschte auf den Knien zu seinem Freund. Der Rest des Rudels war bestimmt in der Nähe! Sie mußten von hier verschwinden!

»Sturm, bist du verletzt?«

Durch den jungen Mann ging ein Ruck, als er sich aufrichtete. Der Wolf hatte mit seinen Fängen seine Ledertunika aufgerissen. Eine Blutspur und eine zerfetzte Wunde, deren Ränder bereits gefroren, zeigten Tanis, wo sich die Fänge vom Schlüsselbein bis zur Brust eingegraben hatten. Mit zitternden Händen versuchte der Halb-Elf behutsam, das Leder von dem gefrierenden Blut zu lösen. Sturms einziger Protest gegen diese Behandlung war, daß er scharf die Luft einsog, worauf Tanis schauderte, daß er Sturm solche Schmerzen zumuten mußte.

»Ein Moment, Bursche, nur noch einen Moment. Jetzt.« Das Leder hatte er vollständig gelöst, und vor Erleichterung stieß Tanis einen tiefen Seufzer aus. Die Wunde war häßlich und groß. Aber seine Angst, weiße, schimmernde Knochen oder den dunklen Schatten der offengelegten Muskeln sehen zu müssen, blieb aus. Mit steifen Händen riß Tanis dicke Streifen von seinem Umhang ab und legte einen Verband an.

»Falls wir die Kälte für irgend etwas segnen können, dann dafür, daß sie eine lange und übermäßige Blutung verhindert. Kannst du den Arm bewegen?«

Sturm hob die Schulter an und versuchte zu greifen. Ihm gelang ein bitteres Lächeln. »Ja«, antwortete er. Seine Stimme war von der Anstrengung, nicht aufzustöhnen, ganz rauh. »Aber eine Zeitlang werde ich kein Schwert heben können.«

Tanis schüttelte den Kopf. »Falls die Götter es wollen, wird das auch nicht nötig sein. Sturm, wir müssen weiter. Diese zwei waren bestimmt nicht alleine auf der Jagd. Kannst du laufen?«

Als Antwort stand Sturm auf. Er taumelte ein wenig, aber er gewann schnell das Gleichgewicht wieder. Der harte Glanz in seinen Augen teilte Tanis mit, was er wissen mußte. Doch als Sturm nach seinem Tornister greifen wollte, hielt Tanis ihn zurück.

»Nein. Wir brauchen das Holz!«

»*Verflucht* sei das Holz!«

»Tanis, nein! Nach wie vor brauchen wir ein Feuer. Außerdem wird der Rest des Rudels uns in der Schutzhütte angreifen, wenn wir dort kein Wachfeuer haben. Ich kann das Holz ziehen.«

Sturm hatte recht. Tanis riß seinen Tornister hoch und schulterte ihn mit einem wütenden Fluch. Er hob Sturms Schwert auf, wischte es an seinem Umhang ab und half Sturm, es in die Scheide zu stecken. Einen Pfeil hielt er am Bogen schußbereit. Überstürze nichts! ermahnte er sich. Du mußt jetzt schnell den Weg finden.

Aber das war nicht so einfach. Der Wind kam jetzt nicht nur aus einer Richtung, sondern schien von allen Seiten näher zu kommen, zu heulen und zu tosen. Tanis schaute sich um und suchte im Schnee nach Spuren, anhand derer er erkennen konnte, wo er gestanden hatte, als die Wölfe angegriffen hatten.

Es waren keine Spuren zu sehen.

»Welcher Weg, Tanis?«

»Ich… ich weiß nicht. Nein, warte. Dort, wir sind dort den Hügel hinaufgegangen.« Er blinzelte in den Wind. »Genau! Dort entlang!«

Hinter ihnen lauerten stumme Phantome in der Nacht: Der Rest des Wolfrudels kehrte ein, hungernde Raubtiere, die den gefallenen Kameraden die letzte, schaurige Ehre erweisen wollten.

Flint brüllte Flüche und Verwünschungen in den heulenden Wind. Dieser erbärmliche Tolpan, der nur Stroh im Kopf hatte! Wenn es einen Gott des Unheils und des Übermutes gab, dann wäre dafür ein Kender am besten geeignet! Er hatte ihm lediglich für eine Sekunde den Rücken zugewandt! Aber eine Sekunde, dachte er bitter, reicht für Tolpan vollkommen, um in den Schnee zu verschwinden. Wonach hatte er aber suchen wollen? Nach Tanis und Sturm? Wahrscheinlich nicht. Dieser Beweggrund war für einen Kender zu vernünftig.

»Tolpan!« schrie er und riß einen Arm hoch, um die Augen vor dem bitterkalten Wind zu schützen. »Tolpan!«

Die sicherste Art zu sterben, hatte Tanis gesagt, war die, sich im ganzen Gebirge zu verstreuen. »Na schön, dabei sind wir ja gerade«, knurrte Flint und stampfte heftig in den Schnee, der bis an seine Knie reichte. »Im Gebirge verstreut. Wenn ich nur die Hälfte von dem bißchen Verstand hätte, das dieser verfluchte Kender da draußen hat, würde ich ihn zur Warnung für den Rest seiner leerköpfigen Art dort draußen erfrieren lassen.«

Dann hörte er über dem Gemurmel des Windes wieder das Heulen der Wölfe. Zuvor hatte er abgestritten, diesen unheimlichen Laut zu erkennen, und jetzt ließ Furcht den alten Zwerg erzittern. Sie waren in der Nähe. Er zog gegen die Kälte die Schultern hoch.

Wölfe! Ja, und wahrscheinlich hungrig genug, nicht von einem hohlköpfigen Kender oder zwei jungen Idioten fernzubleiben, die nicht in der Lage waren, von einem simplen Ausflug zum Holzsammeln eilig und zu einer anständigen Zeit zurückzukehren...

»Tolpan! Wo *bist* du?«

Der Schnee brach direkt vor Flints Füßen auf. Er schwankte und versuchte verzweifelt, das Gleichgewicht zurückzugewinnen, glitt dabei aus, wollte sich wieder aufrichten, stolperte jedoch über einen schneebedeckten Findling und taumelte schließlich in eine Schneewehe.

»Flint! Warte! Flint! Wohin gehst du?«

Tolpans große, braune Augen funkelten vor Freude, und sein Gesicht strahlte vor Glückseligkeit, als er in die Schneewehe hüpfte und dabei nur knapp Flints Kopf verfehlte. Ziehend und zerrend, dann schubsend und schiebend gelang es ihm, den Zwerg wieder auf die Füße zu bekommen.

»Flint, für Spielchen ist es ein wenig zu kalt, findest du nicht?

Schau dich doch an, bei soviel Schnee finde ich nicht einmal deinen Bart!« Sein schelmisches Lachen drang schrill durch den tosenden Wind. »Was treibst du denn hier, Flint? Ich dachte, du hast gesagt, wir sollten in der Schutzhütte warten. Weißt du, später wird es dir wirklich leid tun. Alles in allem wird wohl kein Feuer brennen, und du bist so naß, daß du zu Eis gefrierst. Du hättest drinnen bleiben sollen.«

Es *gab* Worte, dachte Flint später, mit denen man seinem Zorn Ausdruck verleihen konnte. Und es war eine Schande, daß er sie nicht finden konnte, als er sie nötig hatte; sie hätten mühelos den Schnee bis auf den letzten Zentimeter von den Bergen geschmolzen.

»*Ich* hätte drinnen bleiben sollen?« Flint schlug schnell nach dem Kender, verfehlte ihn aber und rutschte auf die Knie. »*Ich* hätte bleiben sollen?« Er schüttelte die Hand ab, die Tolpan ihm anbot, und rappelte sich wieder auf. »Ich wäre überhaupt nicht hier draußen, wenn es nicht um dich ginge.«

»Um mich?« Tolpans Augen wurden vor Überraschung groß. »Du bist meinetwegen hinausgegangen? Aber mir geht es gut, Flint. Ich bin nur mal kurz rausgegangen, um mich umzuschauen. Ich dachte, ich könnte vielleicht einen Wolf sehen beziehungsweise ihn eben doch nicht sehen. Es heißt, sie wären im Sturm fast unsichtbar, weißt du.« Seine Augen verdüsterten sich einen Augenblick vor Enttäuschung. »Aber ich habe keinen gesehen. Oder ich habe keinen *nicht* gesehen. Ich bin mir da nicht so sicher. Und ich bin auch nicht weit gekommen. Weißt du, Tanis hatte recht. Man kann kaum sehen, wo man steht. Ganz sicher sieht man jedenfalls nicht, wohin man geht. Im großen und ganzen«, schloß er und streckte dabei zaghaft eine Hand aus, um den Schnee von Flints Rücken abzuklopfen, »möchte ich eigentlich wirklich lieber drinnen sein, wo es wärmer ist.«

Die Logik war für Flint zu verdreht, als daß er ihr hätte folgen können, und ihm war zu kalt und zu naß – fast erfroren bin ich, dachte er wütend –, um darüber nachzudenken. Er wandte sich um und stapfte knurrend und fluchend zur Hütte.

Frierend, aber unverdrossen herumtollend wie ein junger Hund, der zum Toben ausgeführt wird, hüpfte Tolpan voran. »Du wirst dich besser fühlen, wenn wir erst einmal drinnen sind«, rief er Flint zu. »Es ist zwar nicht viel wärmer, aber dafür trockener. Und ich habe über meine Zauberflöte nachgedacht, als ich draußen nach den Wölfen gesehen habe. Ich glaube, ich werde die Musik finden, wenn ich mich einfach noch ein bißchen mehr anstrenge!«

O fein, dachte Flint bitter, der steif hinterhertrottete. Die verfluchte Flöte! Es reichte nicht, daß er sich mit Schneestürmen und mit Versprechen Leuten gegenüber abfinden mußte, die nicht den Verstand hatten, bei diesem Sturm zurückzukehren. Es reichte auch nicht, daß er sich mit gehirnlosen Kendern und Wölfen abfinden mußte. O nein! Obendrein hatte er es auch noch mit einer »verzauberten« Flöte zu tun.

Als er zitternd und vor Nässe triefend in die Hütte stolperte, sah er, daß Tolpan im Schneidersitz über seine Flöte gebeugt war. Der hohe, verzerrte Heulton, der Flint schon den ganzen Nachmittag gequält hatte, erfüllte die Luft und schwoll fast so laut an, daß er mit dem Wind und dem Geheul der Wölfe in Wettstreit treten konnte.

»Die verdammte Flöte«, seufzte Flint.

Er wandte sich wieder der Aufgabe zu, aus den zerbrochenen Brettern und den feinen, glatten Blöcken seines Schnitzholzes ein Feuer in Gang zu bringen. Es würde kaum ausreichen, um seine gefrorene Kleidung aufzutauen. Es würde nicht ausreichen, um den beiden dort draußen zurück in die Sicherheit zu leuchten.

Tanis rutschte auf dem sanft absteigenden Hügel, als wäre er ein senkrecht abfallender Hang, und kam erst unten zum Halt. Sturm schlitterte an ihm vorbei, verlor wegen des Tornisters das Gleichgewicht und fiel mit den Knien in eine Schneewehe, die ihn bis zu den Schultern zu verschlucken schien. Tanis half seinem Freund auf die Beine. Sein Magen drehte sich um vor Angst, als er einen frischen Blutfleck auf Sturms Verband sah.

»Bleib nicht stehen!« schrie er gegen den heulenden Wind an. »Wir müssen weiter!«

»Ja, Tanis, wir gehen weiter! Aber *wohin*? Wir haben uns verlaufen!«

Sie hatten sich verlaufen. Möglicherweise hatten sie sich wirklich verlaufen. Tanis wußte überhaupt nichts mehr. Er war sich wegen der Richtung ziemlich sicher gewesen. Diese Mulde kam ihm vertraut vor, durch den Schnee war sie jetzt zwar nicht mehr so tief, aber sie wirkte dennoch vertraut. Oder war das nur ein Wunschtraum, weil Hoffnung der letzte Teil in ihm war, der noch nicht gefroren war? Über eine Armeslänge hinaus konnte er nichts erkennen. Waren sie zu der Hütte gekommen? Waren sie vorbeigegangen? Er konnte nicht mehr denken, und er glaubte auch nicht, daß es überhaupt noch eine Rolle spielte. Es spielte nur noch eine Rolle, daß sie weitergingen.

Die vernichtende Lethargie des Frierens hatte sie mit geduldiger Beharrlichkeit verfolgt. Wenn sie jetzt den schmerzenden Gliedern nachgaben, sich nur eine kurze Rast gönnten, um das Brennen in den Lungen zu lindern und das Feuer, das hinter ihren Augen züngelte, würde das den Tod bedeuten.

Und wir werden nicht eine Armeslänge vor der verdammten Schutzhütte erfrieren, schwor Tanis.

Doch kurz danach sank Sturm in den Schnee und kam nicht mehr hoch. Er versuchte es, stürzte in eine Schneeverwehung und fiel zurück. In seinen braunen Augen blitzte einen Augenblick lang Zorn auf, so hell, daß Tanis es durch die Schleier des Schneesturms erkennen konnte.

Er fiel neben dem jungen Mann auf die Knie, schrie und versuchte, ihn auf die Füße zu ziehen. Mit seinen erstarrten Händen fand er keinen Halt im treibenden Schnee.

»Tanis, nein.«

Wie konnte er Sturms Flüstern bei dem heulenden Wind hören? Oder las er den Protest aus den Augen seines Freundes ab?

»Tanis... nimm das Holz... geh!«

»Nein! Wir ruhen uns aus. Nur für einen Augenblick. Wir ruhen uns aus.« Er wußte, daß es gefährlicher war, sich auszuruhen als weiterzugehen. Der Wind, der jetzt an ihnen riß, würde bald den frischen Blutgeruch zu den Wölfen tragen. Aber auch er war es nicht gewohnt, seine Freunde im Stich zu lassen.

Tanis rutschte wieder mit den Knien in den Schnee und zog Sturm so dicht wie möglich an sich heran. Er hoffte, ihn so ein wenig vor dem schneidenden Wind schützen zu können. Nur für einen Augenblick, versprach er sich selbst. Nur solange, bis Sturm sich wieder erholt hatte.

So sanft ist die merkwürdige Wärme, die einen kurz vor dem Erfrieren durchflutet, so voller Zauber, daß Tanis die Gefahr nicht erkannte. Er wunderte sich nur kurz, warum er noch soviel Körperwärme hatte, dann schloß er erschöpft die Augen und vergaß, sie wieder zu öffnen.

Der Ton, der plötzlich zwischen Quietschen und Protesten der Flöte erklang, überraschte auch Tolpan. Er war leise und sanft und erinnerte ihn an das Seufzen einer trauernden Taube. Er bewegte die tauben Finger über den Öffnungen, schöpfte noch einmal Atem und fand den Ton sofort wieder. Und dann fand er einen anderen, der höher war, und einen dritten, tieferen. Es war fast eine Melodie, und Tolpan nutzte die Chance sofort. Er versuchte es noch einmal.

Draußen im Sturm war ein Hase. Weit weg von seiner Höhle war er vom Sturm überrascht worden, zu jung, um zu wissen, daß er sich im Schnee in die schützende Wärme eingraben sollte, huschte er so schnell seines Weges, als wollte er der Kälte davonlaufen. Nach Hause! pochte das Blut hektisch in den Venen des Hasen, der in Panik geriet. Nach Hause! Aber das Zuhause, eine gemütliche, warme Höhle, die nach guter, brauner Erde und dem behaglichen Duft der Sicherheit roch, war zu weit entfernt.

Tolpan hörte das verängstigte Piepsen des Hasen aus seiner zögernden Melodie. Wie konnte er den Schrei des Hasen hören? Er wußte es nicht. Er kniff die Augen fest zu, ließ die Flöte verstummen und verlor das Bild und den Ton. Bevor er über das merkwürdige Bild nachdenken und entscheiden konnte, daß die Flöte nichts mit dem Hasen zu tun hatte, beugte er sich wieder über sie und spielte weiter.

Da war ein Hirsch, dessen Geweih schwer mit Schnee beladen war. Da war eine Bergziege, die in einer Schneeverwehung versank; ihr blökender Protest verlor sich jammernd im beißenden Wind.

Tolpan holte tief Luft, weil er auf einmal wußte, daß der Hirsch bald aufgeben und in die Knie fallen würde, daß die Bergziege um sich schlagen würde, um den Schneemassen zu entkommen, und sich dabei sicherlich ein Bein brechen würde.

Auch wenn seine Gedanken und Pläne sprunghaft waren, so hatte er doch ein gutes Herz. Armer Hase, dachte er, armer, mutiger Hirsch! Er wünschte sich so sehr, wie er sich noch nie etwas gewünscht hatte, daß er sie finden und ihnen einen Weg aus dem Sturm zeigen könnte. Er wollte dies mehr als alles andere. Der Wunsch war sogar größer, als der, die Magie in seiner kleinen Flöte zu entdecken.

Vor Tolpans inneren Augen tauchte etwas Dunkles und Stilles auf. Da war ein Mann – es war Sturm! Und neben ihm kniete

Tanis! Sie hätten Eisskulpturen sein können, so kalt und reglos wirkten sie.

Obwohl es nicht seine Absicht war – oder vielleicht doch – klang in Tolpans Musik eine große, schmerzliche Traurigkeit mit, als ihm klar wurde, daß sie vielleicht tot waren. Wie bei dem Hasen, dem Hirsch und der Bergziege konnte er nicht erfahren, wo sie waren, ob in der Nähe oder weit entfernt, hatte er keine Möglichkeit, sie zu finden und ihnen zu helfen. Es gab nur die Flöte. Also spielte er mit Leib und Seele und vertraute der Magie, daß es kein Abschiedslied war.

In der Türöffnung stand ein Hase. Mit schräg angelegten Ohren und zuckender, rosaroter Nase hielt er eine Sekunde unter dem leicht überhängenden Dach inne, als ob er um Erlaubnis bäte, eintreten zu dürfen. Flint, der vor einem Feuer saß, das zu einer dürftigen Glut und fast verbrannten Holzstücken zusammengeschrumpft war, sah das gefrorene Eis auf seinem Rücken und den Schnee, der sich an seinen Pfoten klumpte. Ein Teil von ihm seufzte vor Mitleid, und ein anderer Teil entschied, daß es mit seinem Verstand jetzt wohl schon vorbei sei.

Und hinter ihm verwandelte sich das entsetzliche Kreischen von Tolpans Flöte in ein süßes, sanftes Lied.

Der Hase bewegte sich, beugte sich nach vorne und legte sich mit großen Augen auf die Seite, als ob er genausowenig wie Flint glauben konnte, daß er tatsächlich einen halben Meter von ihm entfernt sitzen blieb.

Der Sturm, sagte sich Flint, er sucht lediglich eine Zuflucht... Dieser Gedanke war leichter zu fassen als der, daß sein Verstand in einem verrückten Traum festgefroren war. Mit einer langsamen Bewegung streckte er dem Hasen die Hand entgegen. Flint besaß nicht die Gabe, mit Tieren umzugehen, so wie Tanis. Der Bursche konnte einen Vogel auf seine Hand rufen und mit einem Flüstern ein plapperndes Eichhörnchen im Baum zum Schweigen bringen. Zumindest war es Flint häufig so vorgekommen. Aber der Hase floh nicht vor der Berührung des alten Zwerges, sondern bebte nur ein wenig.

Er nahm das kleine Tier in beide Hände, fühlte den schnellen Herzschlag und fuhr behutsam mit einem Daumen über die breiten Pfoten. Der Schnee fiel herunter. Unter seinen warmen Händen schmolz das Eis vom Rücken des Hasen.

»Nun aber«, flüsterte er verblüfft. Er drehte den Hasen zur Tür. »Ab mit dir!«

Aber der Hase flitzte nicht aus Angst von dannen, wie Flint erwartet hatte. Er hielt in der Tür inne, schien einen Augenblick prüfend in den Sturm zu schauen und wandte sich dann um und sprang an Flint vorbei zurück in die Hütte. Flint sah, daß er in den Schatten hüpfte und in der Dunkelheit verschwand. Tolpan, der immer noch über seine Flöte gebeugt war, sah nur kurz auf und lachte.

Verwirrt wandte sich Flint zur Tür zurück. Tolpan hörte einen verblüfften Ausruf von ihm. Wie ein Traumtier stand dort eine rauhhaarige Bergziege. Und neben der Ziege wartete ein dunkeläugiger Hirsch, dessen Geweih mit Schnee überladen war.

Der Hirsch neigte sein Geweih – höfliches Tier, dachte Flint, wobei er Verstand und Logik völlig aufgab – und betrat die Schutzhütte. Die Ziege, als würde sie zögern, um dem König des Waldes den Vortritt zu lassen, folgte ihm.

Eine solche Heiterkeit, wie sie in Tolpans Augen glänzte, hatte Flint noch nie gesehen. Mit der Flöte in der Hand sprang der Kender hoch, verbeugte sich vor dem Hirsch, streichelte die Ziege und eilte zur Tür.

»Flint! Schau doch! Siehst du es nicht! Ich habe sie hierhergebracht!«

Flint schüttelte den Kopf. Es ist unmöglich, daß ich das sehe! dachte er dickköpfig. Und ich werde es auch nie sehen!

»Es ist die Flöte! Es ist die Flöte, Flint! Hör zu!«

Und wieder dieses verlockende, sanfte Lied. Hinter sich hörte Flint das Aufschlagen von Flügeln. Er duckte sich gerade rechtzeitig, um nicht von einer großäugigen Eule gestreift zu werden. Zwei weißbäuchige Mäuse rannten an seinen Füßen vorbei, sahen die Eule und flitzten wild piepsend hinter Tolpans Tornister.

»Tolpan! Hör auf!«

»Nein, Flint! Das ist die Magie! Sie haben es gehört! Ich wollte, daß sie es hören, und sie haben es gehört!«

Magie? Flint sah sich in alle Richtungen um, und wohin er auch blickte, überall sah er etwas, von dem er wußte, daß er es unmöglich sehen konnte. Trotz stotternder Proteste und stammelnder Fragen erhielt er von Tolpan keine Antwort.

Der Kender saß wieder über seine Flöte gebeugt auf dem Boden. Die Augen hielt er in starker und wilder Konzentration fest zusammengekniffen. Er hatte den Hasen und den Hirsch hergebracht. Die Bergziege hatte ihn gehört und gefunden. Und zwei Mäuse und eine Eule. Sicherlich würde sein Lied auch Tanis und Sturm bald zurückbringen.

Erstarrt und zu benommen, um zu wissen, wohin er zuerst schauen sollte, schlug Flint die Hände über die Ohren. Einen Augenblick schloß er die Augen, weil ein Hirsch auf dem eisigkalten Erdboden scharrte, eine Eule in den Dachsparren ihre Flügel putzte und eine Ziege vorsichtig an den Riemen von Flints Tornister knabberte. Er spürte eine weiche, warme Berührung und sah nach unten – der Hase war an seinem Fuß eingeschlafen.

Er hatte noch nie gehört, daß zu den ersten Anzeichen des Erfrierens ein wildes Weggleiten des Verstandes zählte. Aber da er das, was er wahrnahm, immer noch nicht als wirklich hinnehmen konnte, mußte das wohl der Fall sein.

Steh auf, flüsterte es. Steh auf! Geh zurück, drängten die Worte, geh zurück! Lügen, seufzten sie. Die Kälte erzählt Lügen! Wie Träume von einem brennenden Ofen, den man durch zugefrorene Fenster sieht, wanderten die Worte in Tanis umher. Sanft trieben sie ihn an und ermutigten ihn. Hinter den Worten tanzten die leichten, hellen Töne einer Hirtenflöte. Hinter der Melodie, jenseits der Worte, flackerten Bilder von einem Ort auf, an dem die Kälte nicht über die Macht verfügte, ihn zu berühren.

Der Wind, dachte er, während er sich von Sturm wegzog. Oder ich verfalle allmählich dem Wahnsinn...

Aber es wehte kein Wind. Das Heulen war verstummt. Und als er das Gesicht zum Nachthimmel hob, spürte er nicht länger die tödliche Umarmung des Schnees. An seiner Seite regte sich Sturm langsam mit der bedachtsamen Vorsicht eines Mannes, der seine Kräfte sammelt.

»Tanis, hörst du das?«

»Der Wind – hat sich gelegt.«

»Ja«, stimmte Sturm zu, als wäre ihm das gerade erst aufgefallen. »Das auch.«

Tanis sah ihn überrascht an. »Hörst du etwa auch die Musik?«

»Ja. Es klingt wie eine Hirtenflöte...« Seine Worte schweiften ab, so sehr überwältigten ihn Überraschung und plötzliche Erkenntnis. »Tolpans Flöte, Tanis! Wir müssen in der Nähe der Hütte sein!«

Tolpans Flöte! Aber mit diesem erbärmlichen, kaputten, kleinen Ding, der »verfluchten Flöte«, wie Flint sie bezeichnete, hatte Tolpan bisher noch nie so eine liebliche Musik gespielt. Und trotzdem, was sollte es sonst sein? Tanis rappelte sich erschöpft auf und half Sturm beim Aufstehen.

»Wir werden ihr folgen«, entschied er. »Nein, laß deinen Tornister hier. Wenn die Schutzhütte so nah ist, kann ich zurückkommen, um das Holz zu holen. Und ich habe immer noch meinen Tornister.«

Nach Hause, ertönte die Musik, *kommt nach Hause…*

Schneegeister! Die Geister derer, die im Sturm umgekommen waren! So oder so ähnlich hatte man sie in seiner Heimat, im weit entfernten Gebirge, genannt. Flint beobachtete das unheimliche Wettrennen der sich teilenden, blauen Wolken, die über der weißen Schneedecke tobten. Er erschauderte, mehr aus der Erinnerung an eine alte Legende heraus als vor Kälte. Hinter ihm stockte Tolpans Flötenspiel, dann verstummte es.

Gerade als der Schnee zu fallen aufgehört hatte, kurz nachdem sich der Wind schließlich gelegt hatte, war der seltsame Trupp von Sturmflüchtlingen der Reihe nach an ihm vorbei wieder in die Nacht hinausgegangen. Nachdem auch das letzte Tier aufgebrochen war, hatte Tolpan trotzdem unermüdlich weitergespielt, voller Hoffnung, daß Tanis und Sturm die Flötenmusik hören und dem Ruf seiner Magie folgen würden.

Magie! dachte Flint jetzt. Das Wort klang in seinen Ohren bitter und hart. Er sagte sich, daß er niemals glauben würde, daß sie das alles bewirkt hatte. Irgendein merkwürdiges Zusammentreffen, ein verrückter Zufall, der die Tiere zu dieser Schutzhütte geführt hatte. Mit der Flöte hatte das überhaupt nichts zu tun. Selbst wenn er in der Erinnerung immer noch das verängstigte Herzklopfen des Hasen in seinen Händen spüren konnte und später die zutrauliche Wärme, als das Tier an seinem Fuß gelegen hatte. Unsinn! Das kleine Wesen war zu erschöpft gewesen, um sich darum zu scheren, wo es schließlich zusammenbrach. Flint weigerte sich, an den Hirsch und die Ziege, an die Mäuse und die Eule zu denken. Er seufzte und trat gegen die Glutasche des Feuers. Jetzt können wir hinausgehen und nachsehen, dachte er. Weiter wollte er nicht denken. Er wollte sich nicht vorstellen, worauf sie stoßen mußten.

»Sie kommen nach Hause.« Tolpans Stimme hörte sich merkwürdig hohl an.

Flint drehte sich langsam um. Die Haut an seinem Nacken kribbelte. »Was hast du gesagt?«

Das Gesicht des Kenders war vor Erschöpfung weiß und eingefallen. Aber seine Augen strahlten in einer Freude und Zufriedenheit, die Flint unerklärlich war. »Sie kommen nach Hause, Flint. Sie sind zurück.« Er legte seine Flöte zur Seite. Benommen erhob er sich und stellte sich zu dem Zwerg. Er war müde, aber es war die beste und schönste Müdigkeit, die er je erlebt hatte.

Flint spähte in die Nacht hinaus. Zwei Schatten hoben sich vom glänzenden Schnee ab. Sie waren dunkler und fester als dieses unheimliche blaue Wolkentreiben. Schneegeister?

Schaudernd blinzelte der alte Zwerg angestrengter hinüber. Noch nicht, dachte er triumphierend. Noch nicht, sie sind es noch nicht! Aber einer von den beiden taumelte und stützte sich auf den anderen.

Flint packte Tolpan an den Schultern und zog ihn eilig in die Hütte zurück. »Bleib hier, Tolpan. *Bleib hier!* Sie sind zurück!«

Tolpan nickte lächelnd. »Natürlich sind sie zurück. Das habe ich dir doch *gesagt*! Sie haben die Flöte gehört, sie haben die Magie gespürt – Flint! Wohin gehst du?«

Tolpan gähnte kräftig und hatte Flints Warnung, er solle in der Hütte bleiben, bereits wieder vergessen. Hastig holte er seine Flöte und trottete nach draußen in den Schnee.

Wie an den beiden Tagen zuvor lehnte Tanis am Morgen am Türpfosten und lächelte zur Wintersonne hoch, als ob er einen guten, alten Freund begrüßen würde. Neben ihm schulterte Sturm vorsichtig seinen Tornister.

»Bist du sicher, daß du reisen kannst?«

Der Junge nickte einmal. »Ja.« Er war noch blaß, aber der

Verband an seiner Wunde war sauber geblieben, als er die letzten zwei Male gewechselt worden war.

»Du hast dich bewährt, Sturm.«

Die ernsten Augen des jungen Mannes leuchteten auf, doch dann verdüsterten sie sich. »Nein. Es hätte dich fast das Leben gekostet, Tanis. Ich konnte nicht weitergehen, und du bist bei mir geblieben.«

»Ja, das stimmt. Es war meine Entscheidung. Und«, fügte er schnell hinzu, um weiteren Protest zu unterbinden, »es war eine Entscheidung, entweder mit dir zu erfrieren oder ein paar Meter weiter. Wo du dich bewährt hast, das war an einer anderen Stelle.«

»Das verstehe ich nicht.«

»Du bist ein guter Gefährte, und ich würde nicht zögern, wieder mit dir auf Reisen zu gehen.«

Offensichtlich verstand Sturm ihn immer noch nicht. Aber er nahm das Kompliment mit einem bemerkenswerten Fehlen jugendlicher Verlegenheit entgegen.

Beide waren in Schweigen verfallen, und so hörte Tanis den Anfang eines Streites zwischen Tolpan und Flint, der in den vergangenen zwei Tagen nur zu vertraut geworden war.

»Da war keine Bergziege«, knurrte Flint.

Aber Tolpan gab nicht nach. »Doch, da *war* eine. Und nicht nur die Ziege, sondern auch ein Hirsch...«

»Da war kein Hirsch.«

Grinsend stellte sich Tanis zu ihnen.

»Flint, er *war* da! Du hast sie gesehen. Und die Feldmäuse und die Eule. Und was war mit dem Hasen, Flint? Er hat die ganze Zeit an deinem Fuß geschlafen.«

Dieses Mal kam von Flint nicht mehr das übliche entschiedene Leugnen. »Kendergeschichten«, schnaubte er. Er warf Tanis einen Seitenblick zu und wechselte abrupt das Thema. »Bist du dir sicher, daß Sturm reisefähig ist?«

»Er meint ja, und ich glaube es auch.«

»Ich würde gerne noch einmal den Verband überprüfen.«

Tolpan sah ihm beim Weggehen nach, dann griff er nach einem abgerissenen Tornistergurt, der dem alten Zwerg einige Mühe bereitet hatte. »Sieh mal, Tanis.«

»Ausgefranst, aber er dürfte halten, wenn er repariert wird.«

»Nein! Sieh doch. Er ist nicht ausgefranst. Die Ziege hat daran gekaut.«

»Ja, nun...« Tanis lächelte und nahm Tolpan ruhig Flints kleines Schnitzmesser ab. »Das fiel aus dem Tornister, nicht wahr?«

Tolpan machte große, unschuldige Augen. »Oh! Vermutlich. Gut, daß du es gefunden hast. Flint wäre sehr unglücklich gewesen, wenn es zurückgeblieben wäre. Aber was ist mit dem Gurt?«

»Für mich sieht er ausgefranst aus.« Er klopfte Tolpan auf die Schulter. »Komm jetzt. Es ist Zeit zum Aufbruch.«

»Ich verstehe nicht, warum mir niemand glaubt, Tanis.«

In diesem Augenblick wünschte sich Tanis, daß er der sehnsüchtigen Hoffnung in der Stimme des Kenders zuliebe an diese Zauberflöte glauben könnte. Aber es klang zu sehr nach Tolpans typischen, phantastischen Geschichten. Einiges stimmte sicherlich. Aber Tanis war niemals in der Lage gewesen, Wahrheit und jene phantasievollen Höhenflüge unterscheiden zu können, die Tolpan als seine Abenteuer ausgab.

»Weißt du«, erwiderte er herzlich, »verzaubert oder nicht, dein Flötenspiel hat uns das Leben gerettet. Wenn wir es nicht gehört hätten, wären Sturm und ich draußen gestorben.«

»Darüber bin ich froh, Tanis, wirklich. Aber trotzdem wünsche ich mir, jemand würde mir glauben, daß ich die Magie gefunden habe. Ich weiß nicht, was mit Flint los ist. Er hat den Hirsch, die Ziege, die Mäuse und die Eule gesehen. Und der Hase hat sogar an seinem Fuß *geschlafen.*«

Eines wurde Tanis erst jetzt bewußt: Der Hase gehörte nicht zu den Tieren, deren Besuch in der Hütte Flint leugnete. Was Magie anbelangte, konnte man das bei ihm fast als Zustimmung auffassen.

Als Tanis wieder aufsah, war Tolpan gegangen. Er richtete sich auf, um sich zu den anderen zu gesellen, als sein Blick auf einen Gegenstand am Boden fiel, der dort klein und verlassen lag.

»Tolpan, du hast deine Flöte vergessen.« Er hob sie auf, und dann sah er im Holz eingeschnitzte Worte, die er zuvor dort nie gesehen hatte.

Finde die Musik, finde die Magie.

»Hast du das eingeschnitzt?«

Tolpan drehte sich nicht um. »Ja«, antwortete er widerwillig. »Ich muß sie doch aufgeben.«

»Aber warum, Tolpan?«

Tolpan straffte die Schultern, als ob er einen Entschluß festigen wollte. Aber er wandte sich immer noch nicht um. »Weil der Schäfer gesagt hat, daß man sie nur einmal benutzen darf. Darum kann ich auf der Flöte dieses Lied nie mehr spielen – und auch kein anderes Lied. Ich habe die Magie benutzt.« Er holte tief Luft und fuhr fort. »Und er hat gesagt, wenn ich erst einmal die Magie gefunden hätte, müßte ich die Flöte weiterreichen.« Er machte eine Pause, und als er sich umdrehte, lag in seinen großen, braunen Augen ein spitzbübischer Humor. »Es wird ein langer Winter werden. Ich lasse sie hier zurück, damit ein anderer sie findet.«

Plötzlich sah sich der Halb-Elf wieder im Schnee zusammengekrümmt, so deutlich, als würde er dort noch liegen, voller Schmerzen und zu erschöpft, um sich zu rühren. Er spürte wieder den eisigen, peitschenden Wind und die beißende Kälte. Er hörte ganz schwach die lockende Melodie, die ihn vom Erfrieren zurückgeholt hatte. Vielleicht, dachte er, als er den aufrichtigen Glauben in den braunen Augen des Kenders sah. Vielleicht…

Aber nein! Falls überhaupt irgendeine Magie in der schäbigen, kleinen Flöte lag, dann war es eine, die bewirkte, daß Tolpan, dieser unverbesserliche und eingefleischte Sammler überzeugt war, daß er eine Flöte liegen lassen müßte, von der er glaubte, sie wäre verzaubert.

Tanis lächelte wieder. Das war für eine Flöte schon ziemlich viel Magie.

Die Brille des Zauberers

Morris Simon

Nugold Lodston drohte seinen jugendlichen Peinigern mit der schwieligen Faust.

»Verschwindet! Geht einem anderen auf die Nerven! Laßt mich in Ruhe!«

Der alte Einsiedler schützte sein Gesicht mit dem Unterarm vor dem Kieselsteinhagel, der unter dem Gelächter der gemeinen Gassenjungen und belustigter Passanten auf ihn fiel. Er verabscheute diese Reisen nach Digfel jedesmal und sehnte sich nach der friedlichen Einsamkeit seiner Höhle am Ufer des Schmelzsteins.

»Deinesgleichen ist hier in Digfel unerwünscht, du alter Geizkragen. Geh nach Hause zu den Hylar-Zwergen, wo du hingehörst, und nimm auch dein wertloses Gold mit!«

Der alte Zwerg blinzelte in die Richtung, aus der die Stimme des Erwachsenen gekommen war. Selbst für seine vierhundert Jahre war sein Augenlicht fürchterlich schlecht. Vor ihm ragte drohend der verschwommene Umriß eines kräftigen Menschen auf und versperrte ihm den Weg zu Milo Martins Laden. Ihm wurde klar, daß er sich entweder an dem beleidigenden Sprecher vorbeischieben oder sich vor seinen gemeinen Handlangern zurückziehen mußte, ohne Wintervorräte einkaufen zu können.

»Entferne dein Gerippe aus meinem Weg, und nimm deine

mißratene Brut mit!« schrie Lodston. Mehrere Zuschauer lachten über die abfälligen Worte des alten Einsiedlers. Der Sprecher beugte sein Gesicht vor, so daß die schlechten Augen des Zwerges die roten Wangen und den schmutzigen, tabakbefleckten Mund erkennen konnten.

»Du hast doch gehört, was ich dir gesagt habe, du Abschaum. Verschwinde aus Digfel, bevor ich deine mageren Knochen an meine Hunde verfüttere!« drohte der dicke Stadtbewohner. Noch bevor Lodston die bebenden, roten Wangen hatte erkennen können, hatte er schon den Gestank von schalem Wein und die ungewaschene Haut des Mannes gerochen. Er grinste und zeigte auf die Bettelkinder.

»Wenn das deine Bastarde sind, solltest du beim Paaren besser aufpassen. Du ruinierst deine Blutlinie!« höhnte Lodston und fuchtelte mit seinem Bauernspieß vor dem Gesicht des Betrunkenen herum, das sich vor Zorn verdunkelte, als die Buhrufe lauter wurden.

»Das läßt du dir gefallen, Joss?« stachelte jemand den Betrunkenen an.

»Schlag diesem unverschämten Zwerg die Zähne ein, falls er welche hat!« kreischte eines der Gassenkinder.

Der betrunkene Mann brabbelte einen Fluch und hob seine kräftige Hand. Im selben Augenblick murmelte Lodston ein unverständliches Wort, wobei er den bärtigen Mund an den glatten Schaft seines schweren Stabes hielt. Der Stab aus seltenem Bronzeholz glühte plötzlich in einem geheimnisvollen Licht auf und begann in der Hand des Einsiedlers zu vibrieren. Der alte Zwerg schien über die Stärke der magischen Waffe genauso überrascht zu sein wie alle anderen und ließ sie beinahe fallen. Er umklammerte den Schaft fester und spürte die geheimnisvolle Kraft des Stabes pulsieren, während der sich von alleine über den Kopf des Betrunkenen bewegte.

Schneller, als das Auge es erfassen konnte, fuhr der Stab auf einmal mehrere Male auf den Kopf von Nugold Lodstons Angreifer nieder. Den verblüfften Zuschauern schien es, als würde ein Trommelstock von den Händen eines geübten Trommlers bewegt. Jeder Schlag landete genau und mit heftiger Wucht und fügte dem erschreckten Betrunkenen Verletzungen und Prellungen am Kopf und im Gesicht zu.

»Lauf, Joss! Es ist ein Zauberstab! Er wird dich töten!«

Das Blut, das aus Wunden an der Stirn floß, beeinträchtigte die Sicht des Betrunkenen so, daß er fast nichts sah. Er wich vor Lodstons herumwirbelndem Stab zurück und legte die Hände vor das Gesicht, um die treffsicheren Schläge der verzauberten Waffe abzuwehren. Der Einsiedler sah das alles nur undeutlich. Er nahm verschwommen fliehende Umrisse wahr, bis die Straße leer war. Die Bewohner von Digfel waren abergläubisch, insbesondere in dem rauhen Viertel, wo sich das Geschäft von Milo Martin befand.

»Komm herein, Nugold, bevor sie zurückkehren!«

Martins dickliche Gestalt erschien in der Tür seines Ladens. Er winkte dem Einsiedler hektisch zu, er solle eintreten. Obwohl der Stab bereits seine Zauberkraft verloren hatte, die durch den uralten Befehl hervorgerufen worden war, starrte der Händler ihn mit hervorquellenden Augen gierig an.

Der Einsiedler murmelte einen Fluch in der Zwergensprache und schob sich an dem aufgeregten Ladenbesitzer vorbei in das Geschäft. Gerüche von Kerzenwachs, Öl und Seife mischten sich mit denen von brennendem Holz, Gewürzen und Leder zum angenehmen und vertrauten Duft von Martins Gemischtwarenhandlung. Lodston besuchte Digfel nicht häufiger als vier- oder fünfmal im Jahr, und dies war einer der wenigen Plätze, an denen er gerne seine Vorräte kaufte. Digfel war eine Stadt an den Ausläufern des Zwergengebirges, die von gewalttätigen Menschen bewohnt wurde, die vom Bergbau lebten und mit Ängsten und Vorurteilen durchdrungen waren, die ihren

Ursprung in der großen Umwälzung hatten. Milo Martins Laden genoß den Ruf, ein kleiner Zufluchtsort in diesen unruhigen Zeiten zu sein, vielleicht weil Martin ein recht toleranter Mensch war. Der gutmütige, aber geschäftstüchtige kleine Händler verkaufte jedem seine Waren, der Eisenmünzen in den Taschen hatte, egal, ob sein Kunde Zwerg, Mensch oder Elf war. Lediglich Kender, diese notorischen Ladendiebe, waren in seinem Laden nicht willkommen.

»Du alter Narr! Du weißt doch genau, daß du alleine gegen diese Bauernrüpel nicht ankommen kannst, ob mit oder ohne magischen Stab!« Milos gutgemeinte Rüge wurde durch einen aufgeregten Glanz in seinen klaren, blauen Augen abgeschwächt. Der Händler war entzückt über die Aussicht, in der Bierschenke »Zum Roheisen« Neuigkeiten unter die Leute bringen zu können. Und er platzte vor Neugierde über den geheimnisvollen Stab aus Bronzeholz, der ein eigenes Leben zu führen schien.

»Pah!« fauchte der Zwerg. »Ihr Menschen glaubt alles zu wissen. Mein Volk hat in diesen Bergen Bergbau betrieben, bevor eure Bauern gelernt hatten, euer ekelerregendes Gemüse anzubauen. Wir holen aus der Erde mehr heraus als nur Kartoffeln, das kann ich dir sagen!«

Martin nickte verständnisvoll, obwohl er auch wußte, daß der Zwergenstolz des alten Einsiedlers nur vorübergehend war. Lodston lebte alleine, weil er sich von seinem eigenen Volk wie auch von den Menschen in Digfel entfremdet hatte. Der Händler wollte die Unterhaltung auf den Stab lenken und keineswegs einen Vortrag über vergangene Ruhmestaten der Zwerge und gegenwärtige menschliche Schwächen hervorrufen.

»Das ist ein faszinierender Bauernspieß, Nugold«, versuchte er ihn auszuhorchen. »Wenn du mir erzählst, wie du zu ihm gekommen bist, kaufe ich ihn dir vielleicht gegen gute Eisenbarren ab. So einen feinen, alten Stab könnte ich gut gebrauchen!«

Lodstons bärtiger Mund kräuselte sich zu einem listigen Grinsen. Martins Gesicht nahm er nur verschwommen wahr, aber die Sanftheit in der verschlagenen, menschlichen Stimme verriet ihm die Gier, die für ihn so typisch war.

»Wieviel?« fragte er schnell nach und beugte herausfordernd den Kopf näher zu dem verschwommenen Umriß von Milos Gesicht.

»Genug, um deine Schulden bei mir auszugleichen und vielleicht auch noch diese Reise – *falls* der Stab soviel wert ist«, fügte Martin schlau hinzu.

»Oh, er ist zehnmal mehr wert als der Müll, den du hier verkaufst«, erklärte der Zwerg. »Ich habe ihn von einem Elfenzauberer!«

Wären die Augen des Einsiedlers schärfer gewesen, hätte er jetzt schon das Stirnrunzeln des Ladenbesitzers als Ausdruck seiner Ungläubigkeit erkannt.

»In Hylar gibt es überhaupt keine Elfen! Und abgesehen davon würde sich keiner der Elfen, die ich kennengelernt habe, jemals mit einem Zwerg einlassen!«

»Es gibt aber einen, der das tut, und der lebt sogar in meiner Höhle!« gab Lodston trotzig zurück. Der Einsiedler schob ein kleines Faß mit eingelegten Fischen näher zur Feuerstelle und nahm darauf Platz. Den magischen Stab hielt er fest umklammert, als müßte er ihn vor dem gierigen Blick des Händlers schützen. Dann griff er in eine Tasche und reichte Martin ein zerknittertes Stück Pergament.

»Er hat aufgeschrieben, was wir brauchen. Du kannst die Sachen zusammensuchen, während ich meine Beine ausruhe, und dabei werde ich dir die seltsamste Geschichte erzählen, die du in dieser häßlichen Stadt voller Einfaltspinsel jemals gehört hast.«

Milo Martins Stirnrunzeln vertiefte sich, als er die Liste aus den schmuddeligen Fingern des Einsiedlers nahm. Er erwartete, auf dem groben Pergament das kaum entzifferbare Gekritzel eines Ungebildeten zu sehen, und war daher über die großartige Handschrift eines Gebildeten erstaunt. Jeder Buchstabe war elegant geschwungen; Rechtschreibung und Redewendungen waren ein wenig altmodisch:

»Knäuel von Zwirn, ein Satz von dreien,
gemahlene Hirse, so fein, daß sie durch ein
Teesieb läuft,
Zwillingsbienenkorb, mit vollständigen Honigwaben
wegen des Wachses...«

Für Martin Milo stand fest, daß der alte Zwerg diese Liste nicht geschrieben haben konnte. Er bezweifelte, daß der Einsiedler überhaupt lesen und schreiben konnte, und mit Sicherheit war er mit seinen schwieligen Händen und schlechten Augen nicht in der Lage, eine Schreibfeder so schwungvoll zu führen.

»Das ist wirklich eine lange Liste, Nugold«, gab er zu. »Möglicherweise habe ich nicht alles vorrätig. Erzähle mir von diesem Elfenzauberer, der in deiner Höhle lebt, während ich zusammentrage, was ich vorrätig habe, damit du und dein Gast zufriedengestellt werdet.«

»Sein Name ist Dalamar«, fing der Zwerg an zu erzählen. »Ich fand ihn im letzten Monat am Flußufer, halbverhungert und übergeschnappt. Ich erkannte gleich, daß er ein Fremder war. Wegen seiner weißen Haut nämlich und seines langen Haares, das genauso tiefschwarz war wie seine Zauberrobe. ›Das ist kein Mensch‹, sagte ich mir. Dann schleppte ich ihn in meine Höhle und machte ihm ein Lager am Feuer. Ich hatte erwartet, er würde sich ängstigen, wenn er erwachte, aber er war völlig ruhig und gelassen. Er verhielt sich, als ob er wüßte, wo er war, und als ob er mich kennen würde. Er nannte mich sogar beim Namen!«

Milo Martin hielt mit einigen Kerzen in der Hand inne. »Schwarzes Haar, sagst du? Nicht einfach dunkel?«

»Nein!« erwiderte Lodston gereizt. »Ich sagte schwarz, und ich meine schwarz! Es ist so schwarz wie Ruß, und seine Haut ist so weiß wie Leinen, so weiß, daß sie wie der Vollmond am Nachthimmel glänzt.«

Der Händler strich sich über das dickliche Kinn. »Also, wenn er ein Elf ist, wie du sagst, stammt er vermutlich aus Silvanesti. Ich habe gehört, daß die Elfen aus dem Osten so aussehen, aber ich habe noch nie einen gesehen.«

Der Zwerg nickte aufgeregt. »Das ist es!« rief er aus. »Aus Silvanesti kommt er, genau das hat er gesagt! Mit deinen dunklen Ahnungen schlägst du alle, die ich jemals kennengelernt habe, Milo!«

Der Ladenbesitzer zuckte die Achseln. Es war keine Ahnung, aber er beschloß, den Einsiedler in dem Glauben zu lassen, daß er eine derartige übersinnliche Fähigkeit besaß. Leute schreckten eher davor zurück, jemanden zu beschwindeln, der sie möglicherweise »durchschauen« konnte.

»Mach weiter mit deiner Geschichte! Erzähl mir von dem Stab«, drängte Martin, während er sich zu den Regalen wandte, um weitere Posten auf der Liste zu suchen.

»Also, er fragte mich ganz direkt, ob ich seine Kiste gefunden hätte. Als ich ihm antwortete, daß ich mich nicht um irgendeine Kiste gekümmert hätte, nachdem ich ihn vor dem Ertrinken gerettet hätte, sagte er nichts mehr. Er starrte nur lange Zeit ins Feuer. Dann erhob er sich und ging zur Tür. ›Warte!‹ rief ich. ›Du bist noch zu schwach, um zu laufen!‹

›Komm mit mir zum Fluß!‹ befahl er mir mit seltsamer Stimme. Ich hatte das Gefühl, als wären seine Worte stärker als ich selbst! Bevor ich überhaupt wußte, wie mir geschah, kroch ich im Schlamm herum und half dem Elfen, diesen Stab und diese verdammte Kiste zu finden.«

»Was für eine Kiste?« Milo Martin hatte aufgehört, die Gegenstände auf der Liste zusammenzusuchen, und lehnte sich gegen die Theke. Seine Neugierde war so groß geworden, daß er sich keine Mühe mehr gab, sie zu verbergen.

»Eine kleine Holzkiste, die mit Messingreifen verschlossen ist«, erklärte Lodston. »Ich trug sie zur Höhle zurück, nachdem wir den Stab gefunden hatten. Als wir wieder im Trockenen saßen, stellte er sich vor und erzählte mir, daß er früher einem König namens ›Lorac‹ als Zauberer gedient habe.«

Der Name sagte Martin nichts. Der faszinierte Ladenbesitzer machte Lodston ein Zeichen, er solle fortfahren.

»Dalamar sagte, daß er in Silvanesti in irgendwelche Schwierigkeiten geraten wäre, als er seine weiße Robe gegen eine schwarze eintauschte, oder so ähnlich. Sagte, er wäre geflohen, bevor der König ihn töten konnte. Als ich ihm sagte, daß ich nicht glauben könnte, daß sich ein König soviel um die Farbe der Kleidung eines Mannes scheren würde, lächelte er nur und neigte den Kopf nach hinten zur Feuerstelle.«

Martin wußte nicht viel von Magie und Zauberern, aber immerhin mehr als der alte Lodston. Das dickliche Gesicht des Ladenbesitzers lief rot an, als er mit seinem überlegenen Wissen über diese geheimnisvollen Dinge protzte.

»Idiot! Kennst du nicht einmal den Unterschied zwischen weißgekleideten und schwarzgekleideten Zauberern? Hast du noch nie von bösen Elfen und von bösen Elfenzauberern gehört?«

»Böse?« fragte der Einsiedler nach. »Meinst du so böse wie dieser Joss und seine gehirnlosen Blagen?«

»Nein!« knurrte Martin. »Ich rede nicht von simplen Taschendieben und Betrunkenen. Falls du jemals deine Höhle verlassen solltest, wirst du mitkriegen, daß eine dunkle Kraft durchs Land geht, und es hört sich für mich so an, als ob dein Kumpel etwas damit zu tun hat!«

Die klaren Augen des Ladenbesitzers verdüsterten sich. Der sonst so fröhliche und quicklebendige Mann schien plötzlich von Melancholie überwältigt zu werden. »Ich dachte immer, Digfel wäre zu klein, um je in diese Sache verwickelt zu werden«, murmelte er traurig. »Ich dachte, alle würden uns in Ruhe lassen, solange wir sie mit Stahl für ihre Schwerter und Speere versorgen.«

»Was in Reorx' Namen brummst du dir in den Bart?« herrschte Lodston ihn an.

»Ich rede über deinen Gast!« erklärte Martin wütend. »Er und seine verruchten Freunde werden den Krieg nach Digfel bringen!«

»Krieg! Was für ein Krieg! Ich verstehe nicht, was...«

»Fahre mit deiner Geschichte fort«, drängte der Ladenbesitzer und unterbrach die aufgeregten Fragen des Zwergen mit gelassener Stimme. Die naive Unwissenheit des Einsiedlers war ohnehin nicht mehr zu ändern. Martin konnte sich selber kaum die unheilvollen Geschehnisse der vergangenen Jahre erklären, geschweige denn einem zurückgezogen lebenden Zwerg.

»Pah!« schnaufte der Zwerg mißbilligend. Er war zu alt und der Schlachten zu überdrüssig, um sich menschliche Kriegsgeschichten anzuhören. Lebhafte Erinnerungen an *den* Krieg lebten in seinem alten Gehirn fort, an den Krieg, in dem die Bergzwerge gezwungen worden waren, ihre alte Heimat aufzugeben.

»Also, wie ich schon sagte«, erzählte er weiter, »war Dalamar im Westen herumgewandert, nachdem sie ihn aus diesem Silvanesti hinausgeworfen hatten. Er sagte, er hätte sich einer ›Prüfung‹ in Wayreth unterziehen müssen, um Zauberer zu werden, und dabei wäre er krank geworden. Ich fragte ihn, ob er Bauchweh hätte, aber er antwortete bloß, daß ich seine Erklärung sowieso nicht verstehen würde. Er hatte sich in Solace aufgehalten, wo ein Priester der Sucher ihn zu töten versuchte.

Also baute er sich ein Floß und stahl sich auf dem Fluß davon, bevor sie dazu kamen, ihn als Hexenmeister zu verbrennen.«

»Sind sie immer noch hinter ihm her?« fragte Martin schnell. Digfel gehörte zu den Orten auf Krynn, die bisher von dem Wahnsinn der Sucherfürsten verschont geblieben waren, und er hoffte, daß Lodstons Flüchtling nicht die fanatischen Hexenjäger in diese zwar rauhe, aber friedliche Gegend locken würde.

»Zu diesem Punkt wollte ich gerade kommen«, erwiderte Lodston. »Ich nehme an, daß sie während des Sturms, bei dem auch sein Floß zerstört wurde, seine Spur verloren haben. Niemand wird wohl annehmen, daß er so weit flußabwärts treiben konnte, den ganzen Weg durch die Wälder von Qualinesti. Ich habe ihm gesagt, daß ich ihn vor diesen Verrückten verstecken würde, bis er wieder soweit hergestellt ist, daß er auf sich selber aufpassen kann. Er hat sich überhaupt nicht bei mir bedankt, sondern hat sich auf die Seite gerollt und ist eingeschlafen.«

»Hast du seine Sachen durchsucht, während er schlief?« fragte Milo Martin gespannt. Der Ladenbesitzer, der selber gerne jede günstige Gelegenheit ergriff, stellte sich nur vor, was er unter diesen Umständen getan hätte.

»Wer bin ich denn, etwa ein Kender?« rief der Zwerg beleidigt. »Wie dem auch sei, ich brauchte nicht nachzuschnüffeln. Er hat mir gezeigt, was in der Kiste ist.«

Der Einsiedler hielt inne, um aus seinem Fellumhang eine geschwärzte Tonpfeife hervorzuholen, und deutete auf die Tabakdose auf der Theke.

»Wie wäre es mit diesem Kraut, aber von der Sorte, die du mit Honigwein beträufelst? Und vielleicht dazu ein wenig Bier und ein paar Kekse?« fügte er hinzu, als Martin nach dem Tabak griff. Der Einsiedler war fast blind, aber er wußte, wie man einen Zuhörer mit einer Geschichte in Bann hielt. Der Ladenbesitzer reichte dem Zwerg einen überschäumenden Krug mit frischgebrautem Bier. Lodston nahm das Getränk jedoch erst an, als seine Pfeife ordentlich brannte. Er genoß es, Milo Martins Neugierde zu reizen.

»Ahhh!« machte der Einsiedler und wischte sich den Bierschaum mit einem Ärmel vom Mund.

»Erzähl schon weiter!« verlangte der ungeduldige Ladenbesitzer. »Was war in der Kiste?«

»Schriftrollen und Bücher!« antwortete Lodston in einem heiseren Flüsterton. »Dutzendweise! Und ein Paar komische Brillengläser mit einer Drahtfassung.«

»Und was stand auf den Schriftrollen!« schrie Martin.

»Vermutlich Zaubersprüche«, knurrte der Zwerg. »Woher soll ich das wissen? Ich kann doch nicht lesen!«

Das feiste Gesicht des Ladenbesitzers verdüsterte sich. »Woher willst du dann wissen, daß es Zaubersprüche sind?«

»Weil ich dabei war, als Dalamar eine Rolle benutzte, um in die Zukunft zu sehen.«

Martin schwieg eine Zeitlang. Seine Augen weiteten sich bei dem Gedanken an den Wert, den ein solcher Schatz seiner Schätzung nach haben mußte – falls der alte Zwerg überhaupt die Wahrheit erzählte.

»Das war gestern abend. Wir hatten gerade Fischeintopf und Brot gegessen. Ich saß am Feuer und rauchte wildwachsenden Tabak. Der ist wahrhaftig nicht so gut wie dieses Kraut! Da setzte Dalamar plötzlich die Brille auf. Er breitete einen Pergamentbogen aus, als wäre er etwas Heiliges, und starrte lange Zeit ins Feuer, bevor er zu lesen begann. Ich fragte ihn, was er vorhätte, aber er tat so, als könnte er mich nicht hören.«

Lodston trank einen großen Schluck Bier und zog einige Male an der Pfeife mit dem wohlriechenden Tabak, bevor er seine Geschichte fortsetzte.

»Dalamar las die Worte laut vor, aber sie waren in einer Sprache, die ich noch nie gehört habe. Es waren ziemlich viele

Worte mit ›ssss‹ und ›ffff‹, die mit ›i‹ und ›o‹ endeten. Hast du schon mal jemanden so reden hören?«

»Nein!« platzte sein ungeduldiger Zuhörer heraus. »Vergiß die Sprache! Was ist dann passiert?«

»Beruhige dich, und laß mich die Geschichte zu Ende erzählen! Auf einmal leuchtete ein Licht auf, eine Art weißes Glühen wie der Mondschein, und mit jedem Wort, das Dalamar vorlas, wurde es stärker. Es kam aus der Schriftrolle und breitete sich über seinen ganzen Körper aus. Als er mit dem Lesen fertig war, war es in meiner Höhle so hell, daß meine Augen schmerzten, wenn ich ihn ansah.«

»Wie lange hat das gedauert?« fragte Milo Martin atemlos.

»Nicht länger als zwei oder drei Minuten, nachdem er mit dem Lesen fertig war, schätze ich«, antwortete der Einsiedler. »Sobald es verschwunden war, erhob er sich und ging zur Tür. Er trat hinaus und sah sich vor der Höhle um, als ob er den Boden nach Fußspuren oder etwas Ähnlichem absuchen würde. ›Was machst du da?‹ fragte ich ihn. ›Was war das für ein helles Licht?‹

›Sie sind noch nicht hier‹, antwortete er.

›Wer ist noch nicht hier?‹ fragte ich ihn, aber er ging nur wieder hinein und setzte sich ans Feuer. Und dann sah ich auf die Schriftrolle, aus der er vorgelesen hatte.«

»Und? Wie sah sie aus?« half Martin nach.

»Völlig verändert«, gab der Zwerg zurück. »Da stand überhaupt nichts mehr drauf. Heute morgen hat Dalamar sie für die Liste genommen!«

Der verschreckte Ladenbesitzer ließ den Bogen wie ein glühendes Stück Kohle auf die Theke fallen. Dann nahm er ihn wieder in die Hände und studierte ihn sorgfältig. Er hielt das Pergament sogar gegen eine Kerze, um nachzuprüfen, ob durch die Wärme irgendwelche verborgenen Buchstaben enthüllt werden würden. Aber trotz der Ereignisse in der Höhle des Einsiedlers war die »magische Schriftrolle« nichts weiter als eine Einkaufsliste.

»Siehst du, wie ich dir gesagt habe«, sagte Lodston. »Die Zauberworte sind verschwunden. Aber was auch immer er gestern abend gesehen hat, es hat ihn verängstigt.«

»Wie kommst du darauf?«

»Weil er nicht sofort schlafen ging. An der Innenseite der Tür machte er mit Asche ein Zeichen, und dann verriegelte er sie, als ob er überzeugt wäre, daß jemand versuchen würde, nachts einzubrechen. Am Morgen gab er mir diese Liste und befahl mir, die Sachen unverzüglich zu besorgen. Er gab mir seinen Stab und meinte, daß ich ihn lieber mitnehmen solle, und dann flüsterte er mir das Geheimwort ins Ohr, das man braucht, damit er funktioniert.«

»Was für ein Geheimwort?« fragte Martin, und seine Augen richteten sich gebannt auf die magische Waffe.

»Das ist nicht deine Angelegenheit«, entgegnete der Zwerg, »und den Stab kann ich dir auch nicht geben. Er gehört dem Elfen und nicht mir. Jetzt gib mir die Waren, und laß mich zu meiner Höhle zurückkehren, bevor es dunkel wird. Ich weiß nicht, wozu er all diese Sachen braucht, aber er sagte mir, ich soll mich beeilen.«

»Aber du hast mir versprochen...«

»Ich habe dir überhaupt nichts versprochen, Milo Martin!« widersprach der Einsiedler. »Aber wenn du es darauf anlegst, daß ich Dalamar sage, du wolltest ihm nicht die Sachen auf dieser Liste borgen...«

»In Ordnung, in Ordnung!« knurrte der vorsichtige Händler. Martin war wütend auf sich, weil er sich von Nugold Lodston hatte überlisten lassen, seinen Kredit aufs neue zu erhöhen, aber gleichzeitig hoffte er, einen Weg zu finden, um mehr als nur den Stab zu bekommen.

»Teile diesem Dalamar mit, daß ich ihn kennenlernen

möchte«, sagte der Ladenbesitzer mit fester Stimme. »Ich habe einige Geschäftsideen, die ihn interessieren könnten. Ein derartiges Wissen kann eine wertvolle Handelsware sein. Mir sind mehrere Leute bekannt, die ein Vermögen dafür ausgeben würden, nur einen winzigen Blick in die Zukunft werfen zu können.«

»So wie du?« schnaubte Lodston sarkastisch. Er verstaute die Waren in einem großen Sack und steuerte auf die Tür zu.

»Vergiß nicht, ihm auszurichten, was ich dir gesagt habe!« rief Martin ihm nach, als der Einsiedler auf die leere Straße stolperte, ohne sich noch einmal umzusehen.

Lodstons »Höhle« war eigentlich eine aufgegebene Zwergengoldmine. Sein Volk hatte bereits vor Jahrhunderten, bevor der Einsiedler geboren wurde, nahe am Schmelzstein im Gebirge Tunnel gegraben und war dort wie auch die ortsansässigen menschlichen Händler durch die großen Mengen des gelben Metalls reich geworden. Doch dann waren nicht mehr Gold und Silber das wertvollste Metall, sondern Eisenbarren, weil sie zur Herstellung von Stahlwaffen dienten, und die reichen Hylar-Zwerge in der Nähe von Digfel verarmten. Nur eine Handvoll der robusten Minenarbeiter blieb in den Städten der Menschen an den Ausläufern des Zwergenhochlandes. Dort wurden sie Schmiede und Waffenhersteller. Menschen nahmen ihren Platz in den Minen ein und suchten dort Eisen anstelle der weicheren Metalle Gold und Silber.

Nugold Lodston hatte sich entschlossen, in den Hylar-Hügeln zu bleiben, und stellte billiges, goldenes Spielzeug für die ortsansässigen Kinder her. Er liebte das glänzende Metall mehr, als er je eine Person, ob Zwerg oder Mensch, geliebt hatte. Ebensowenig konnte er die Langeweile ertragen, sich über einem glühendheißen Schmiedefeuer abzuplagen, um Waffen und Werkzeuge aus poliertem Stahl herzustellen. Menschen, die die

Zwergenschmiede um diese Erzeugnisse baten, nannten Lodston einen Verräter, da er über hervorragende Fähigkeiten verfügte, sich aber weigerte, sie einzusetzen. Selbst die wenigen seiner eigenen Rasse, die in Digfel geblieben waren, spuckten auf den Boden, wann immer er vorbeiging – bei den Hylar-Zwergen ein Zeichen höchster Ablehnung.

»Dalamar! Komm und hilf mir!« rief der Einsiedler vom Pfad, der entlang des Flusses verlief. »Ich habe die Waren schon bis hierher geschleppt!«

Lodston wartete ab und starrte vom Ufer auf den Eingang des Minenschachtes, aber nichts rührte sich. Dann fiel ihm auf, daß die Tür nur angelehnt war. Der verängstigte Elf hatte die dicke Tür hinter sich zugeschlagen und verriegelt, nachdem Lodston nach Digfel aufgebrochen war. Warum sollte Dalamar jetzt die Tür offenstehen lassen?

Der alte Einsiedler ließ den schweren Sack auf den sandigen Pfad fallen und lief mit wackeligen Beinen den Hügel hinauf zu seiner Höhle. Noch bevor er die Fußabdrücke auf dem Boden vor dem Schachteingang sah, überfiel ihn eine Ahnung, daß dem Elfenzauberer etwas Schreckliches zugestoßen sein mußte. Es waren Spuren von Stiefeln mit niedrigen Absätzen und von mehreren großen Jagdhunden in der weichen Erde zu erkennen. Der Zwerg beugte sich näher zum Boden und versuchte, mit seinen schlechten Augen auf der schmutzigen Türschwelle etwas zu erkennen, wo die Eindringlinge sein Heim betreten hatten. Vier große Symbole waren mit schwarzem Ruß auf die offenstehende Holztür gezeichnet worden, aber der Einsiedler konnte nicht lesen und daher die Inschrift auch nicht deuten.

»Dalamar!« rief er leise. Er zögerte, die Tür aufzuschieben. In seinen Alpträumen lauerten stets unsichtbare, böse Gestalten hinter stummen Türen wie dieser. »Bist du da?«

Nur das ewige Rauschen des Flusses unterhalb des Schachtes

durchbrach die unheilvolle Stille. Lodston nahm schließlich seinen ganzen Mut zusammen, um seine Phantasie zu unterdrükken, und stieß die Tür weit genug auf, daß er in die Vorkammer des uralten Minenschachtes spähen konnte.

Sie war leer. Das Feuer glühte noch, und eine Lampe brannte neben dem kleinen Tisch. Spuren von Tod oder Zerstückelung waren entgegen seinen Befürchtungen nicht zu sehen – nicht einmal Anzeichen eines Kampfes. In der Vorkammer war die Tür, die zu dem Netz der aufgegebenen Schächte führte, sorgfältig verschlossen. Dalamar und seine Kiste mit den Schriftrollen waren verschwunden. Vermutlich war er von den Fremden mit ihren Hunden ohne Kampf überwältigt worden. Der magische Stab in Lodstons schwieligen Händen schien das einzige zu sein, was von seinem seltsamen Gast übriggeblieben war.

Der Einsiedler machte sich im schwindenden Licht der Abenddämmerung wieder zum Flußufer auf, um den Sack mit dem Proviant zu holen. Nachdem er zu dem Minenschacht zurückgekehrt war, schlug er die Tür zu und verriegelte sie mit der schweren Holzstange zum Schutze vor jenen, die wegen des Elfenzauberers gekommen waren. Dann legte er einen Holzscheit ins Feuer und suchte unter den großen Goldbarren, die in einem Korb neben dem Tisch lagen, nach einem geeigneten Stück, um eine Spielzeugfigur daraus zu schmelzen. Als er den ersten Goldbarren bewegte, erblickte er die Spitze eines Schriftrollenbehälters. Es war eine Schriftrolle des Elfen!

»Ah! Sie haben eine zurückgelassen!« rief er laut aus. Das vertraute Echo seiner Stimme im Vorraum der Mine klang wohltuend und beruhigend. Lodstons Furcht schmolz dahin und wich gespannter Aufregung. Der alte Einsiedler hantierte unbeholfen an dem Schriftrollenbehälter und schaffte es schließlich, das ordentlich aufgerollte, weiße Pergament in die schmuddelige Hand zu bekommen.

Vor Vorfreude bebend, drückte er ein Ende der Schriftrolle

auf den Tisch und breitete sie im Licht der Lampe aus. Oben auf der Seite befand sich direkt über einigen nicht entzifferbaren Buchstaben in Dalamars schwungvoller Schrift eine eilig gezeichnete Skizze.

»Hey, das bin ja ich!« krächzte Lodston und starrte auf die Zeichnung. Tatsächlich hatte Dalamar eine grobe Karikatur vom Profil des Einsiedlers angefertigt. Die Knollennase und die buschigen Augenbrauen waren unverkennbar. Neben dem Gesicht hatte der Zauberer seine eigene Brille gezeichnet, das war durch die merkwürdigen, sechseckigen Gläser und die Drahtfassung sehr schnell erkennbar. Ein mit Punkten versehener Pfeil führte von den Gläsern zu Lodstons Profil und ein durchgehender von seinen Augen zu dem Text unterhalb der Zeichnung. Selbst ein Kind konnte dieses einfache Diagramm verstehen.

»Er will, daß ich seine Brille aufsetze. Aber wo ist sie?« murmelte der Einsiedler.

Er begann das Zimmer durchzustöbern, und da seine Phantasie seine Aufregung immer mehr steigerte, geriet er in Hektik. Nachdem er alles abgesucht und in dem karg eingerichteten Raum auf und unter jedem Gegenstand nachgesehen hatte, fand er lediglich heraus, daß sein ältester Umhang fehlte, ein zerfetztes, bis zum Boden reichendes Kleidungsstück aus grob gewebter Wolle. Niedergeschlagen ließ er sich auf den Stuhl sinken und starrte noch einmal auf die Zeichnung.

Plötzlich wußte er, wo die Brille sein mußte. Er wirbelte zu dem Korb mit dem Gold herum und begann, die schweren Barren auf den Boden zu werfen. Ganz tief unter dem Stapel lagen die in Draht gefaßten Gläser, in dickes Ziegenfell eingewickelt und zwischen zwei riesige Goldklumpen geklemmt, um sie vor dem Gewicht der anderen Metallklumpen zu schützen. Lodston schob das Drahtgestell über die Ohren und starrte wieder auf den Pergamentbogen.

Die schwarzen Buchstaben unter der Zeichnung begannen vor seinen Augen zu verschwimmen und zu wackeln. Die Bewegung war zuerst so verwirrend, daß Lodston ein wenig benommen und schwindelig wurde. Doch bald darauf fügten sich die Buchstaben in beständigere Bilder zusammen, eher im Bewußtsein des Zwerges als auf der Schriftrolle.

»Ich kann nicht lesen«, murmelte er erstaunt, »und trotzdem weiß ich genau, was hier steht!« Die Botschaft des Elfen, im typischen Gekritzel eines Zauberers verfaßt, war kurz, aber eindeutig:

Der Qualinesti-Magier hat mich gefunden. Hüte meine Schriftrollen und Bücher mit deinem Leben. Falls ich innerhalb eines Monats nicht zurückkehre, mußt du sie Ladonna, Meisterin der Schwarzen Künste im Turm der Erzmagier von Wayreth, bringen. Du wirst alles hinter der alten Tür finden. Gehe in den Tunnel und wende dich am vierten Verbindungsgang nach links. Gehe zwölf Schritte und schau nach oben. Mein Stab und diese von Zwergen hergestellten Augengläser des Wahren Blicks werden dich für deine vergangene und zukünftige Freundlichkeit belohnen.

Versuche nicht, die anderen Schriftrollen zu lesen! Ihre Macht würde dich zerstören und meine Feinde aufmerksam machen.

Dalamar

Lodston nahm die magische Brille ab, nur um zu erfahren, daß sich das magische Schreiben in seinem Bewußtsein wieder verschlüsselte. Er führte mit der Brille noch einige Versuche durch und spürte jedesmal, wie die Botschaft in sein Bewußtsein hineinglitt und wieder hinaus, je nachdem, ob er die Brille trug oder absetzte. Außerdem fiel ihm auf, daß er seine Umgebung in voller Schärfe sehen konnte, wenn er die magischen Gläser trug.

»›Augengläser des Wahren Blicks‹, häh! Ist das nicht eine tolle Zauberei?« platzte er laut heraus. »Heilt das Augenlicht eines alten Zwerges und lehrt ihn gleichzeitig, geheime Zaubersprüche zu verstehen!« Lodston konnte nicht wissen, daß die »heilende« Wirkung nur auf Zufall beruhte. Die Gläser, die ein unbekannter Zwergenzauberer zur Herstellung der magischen Brille verwendet hatte, wiesen zufällig den richtigen Brechungswinkel auf, mit dem sich Lodstons nachlassende Sehkraft verbesserte.

Überglücklich entriegelte der Einsiedler die Innentür, lief in den Tunnel und folgte Dalamars Anweisungen wortwörtlich. Nach dem zwölften Schritt im vierten Verbindungsgang sah er nach oben, und mit Hilfe einer Lampe und seiner wundersamen, neuen Brille untersuchte er die Schatten an der Decke. Die kleine Kiste war zwischen der Tunneldecke und einem losen Brett eingeklemmt, so wie es die Nachricht versprochen hatte. Hastig riß er sie los und eilte zur Vorkammer zurück, um seinen neuen Schatz zu begutachten.

Lodston zog den unverschlossenen Deckel der Kiste hoch und warf den Inhalt in den Lichtschein auf dem Tisch. Dalamars weite, schwere Robe purzelte auf die grobe Holzoberfläche und bildete ein schwarzes Kissen für Dutzende von kleinen Pergamentbehältern und mehrere dünne Bücher, die in purpurrote Seide gebunden und mit Lederriemen verschlossen waren.

»Er hat also seine feine, schwarze Robe gegen meinen alten Umhang ausgetauscht, häh? Zauberer können zwar gescheit sein, aber gesunder Menschenverstand fehlt ihnen«, murmelte Lodston. Der Einsiedler nahm jede Schriftrolle in die Hand, wog sie in den Händen und untersuchte sie mit seinen starken, neuen Gläsern. Ihm fiel immer noch nichts Besonderes an ihnen auf.

»Warum hat er sie nicht mit Aufschriften versehen?« murmelte der neugierige Zwerg. »Wozu sollen magische Gläser schon gut sein, wenn da nichts geschrieben steht? Zumindest könnten sie Überschriften haben, damit ich weiß, was ich ›mit meinem Leben‹ hüten soll.«

Viele Minuten qualvoller Versuchung lang starrte Lodston zuerst auf die Schriftrollen, dann auf Dalamars Nachricht. Schließlich schnaubte er und begann, einen Behälter nach dem anderen in die Kiste zurückzulegen. Den letzten hielt er einen Augenblick lang in der Hand und ließ die Neugier über die Vernunft siegen. Mit einem gedämpften Fluch begleitete er die Kapitulation, blinzelte hinter den winzigen Gläsern der Brille, die auf seiner riesigen Nase saß, und öffnete den Schriftrollenbehälter.

Wieder verbanden sich die magischen Buchstaben auf dem Pergament zu einer sinnvollen Form. Die Worte einer Zauberformel in einer unbekannten Sprache drängten sich von alleine aus der Kehle des Zwerges.

»Drish fetts, drish fetts, lorgon trits«, hörte er seine eigene Stimme, aber er konnte nicht verstehen, was er da sagte.

Später hatte Lodston Schwierigkeiten, sich an alles zu erinnern, was unverzüglich eintrat, nachdem er die letzte Silbe der seltsamen Zauberformel ausgesprochen hatte. Die Schriftrolle flackerte in einem gelben Licht auf. Dann zerfiel sie in seinen Händen zu feiner Asche. Im gleichen Moment – so schien es jedenfalls – bildete sich eine orangene Flammenkugel aus der gelblich glühenden Schriftrolle und schoß an Lodston vorbei nach vorne. In einer blendenden und ohrenbetäubenden Explosion schlug die Feuerkugel mit solch erschreckender Wucht in die Wand der Vorratskammer ein, daß der alte Einsiedler auf den Steinboden in der Vorkammer geschleudert wurde.

»Großer Reorx!« fluchte er, als er wieder in der Lage war, sich aufzurappeln. Die Vorratskammer mit ihren schmutzigen Tellern und Küchengeräten und einigen Säcken mit Lebensmitteln war völlig zerstört! Neben ihr war die Ecke der uralten Vorkammer verkohlt und enthielt nichts mehr von dem, was dort gewesen war. Von den Holzregalen waren lediglich qualmende Holzstücke übriggeblieben. Lodston sah auf den Stapel der scheinbar harmlosen Schriftrollenbehälter in der Kiste und schlug den Deckel mit einem Angstschrei zu.

»Diese abscheulichen Dinger werde ich nie wieder berühren«, schwor er sich laut schreiend, als ob er Dalamar versprechen würde, nie wieder ungehorsam zu sein. »Du und diese Ladonna, ihr könnt dieses verruchte Zeug behalten!«

In dieser Nacht waren die Träume des alten Zwerges mit Bildern von schwarzgekleideten Zauberern erfüllt, die ihn mit zerstörerischer Magie bekämpften. Er hatte keine Vorstellung von Dalamars Feind, diesem »Qualinesti-Magier«, aber in seiner Phantasie trat er als Geist mit weißer Robe und Kapuze auf. Das Gesicht war durch die Kapuze unkenntlich, und lediglich schreckliche, rote Augen, die aus dem Schatten heraus glühten, waren sichtbar. Lodston erwachte zitternd aus dem Alptraum und starrte auf die ausglühenden Holzstücke in der Feuerstelle.

»Was soll ich denn bloß tun, wenn dieser Magier aus Qualinesti kommt, um sich deine Schriftrollen und Bücher zu holen?« murmelte er mit gedämpfter Stimme, als ob Dalamar ihn hören und ihm Ratschläge erteilen könnte. »Ich habe überhaupt keine Ahnung von Magie. Ich wußte nicht einmal, welchen Zauber ich gelesen habe, bis es zu spät war. Warum soll ich gegen deinen Feind kämpfen, wenn du selber vor ihm davonläufst?«

Das Schweigen, das seinem verzweifelten Hilferuf folgte, bot keinen Trost. Lodston tastete in der Dunkelheit nach Stab und Brille. Nachdem er die beiden magischen Gegenstände gefunden hatte, schlich er zur Tür. Offenbar blieb ihm nichts anderes übrig, als die Angelegenheit Dalamar und diesem mysteriösen Magier aus Qualinesti zu überlassen. Er erinnerte sich an Geschichten aus seiner Kindheit über die Sippenmord-Kriege zwischen verschiedenen Elfensippen und fragte sich flüchtig, ob das der »Krieg« sein könnte, den Milo Martin erwähnt hatte.

»Es ist nicht meine Angelegenheit, egal, aus welcher Sicht man es betrachtet!« murmelte er an der Tür. Dann schob er den Holzriegel beiseite und trat aus seiner Zwergenhöhle hinaus in die Dunkelheit. Im silbernen Licht des weißen Mondes sah er die merkwürdige Inschrift an der Haustür wieder, die er zuvor nicht hatte lesen können. Jetzt trug er die Augengläser des Wahren Blicks, und plötzlich flossen die Runen zusammen und erschreckten den Einsiedler mit ihrer eindeutigen Warnung.

Tod den Verrätern und jenen, die sie schützen! stand dort geschrieben.

Lodston spürte, wie seine Haut vor Angst prickelte, als er sein eigenes Todesurteil las. Er wirbelte herum und erforschte mit Hilfe seiner neuen Brille die Dunkelheit. Er hoffte, einen der Feinde Dalamars im dichten Schatten der Büsche am Hang ausmachen zu können.

»Und den Tod für euch!« schrie er in die Dunkelheit und fuchtelte dabei heftig mit dem Stab herum. »Das ist mein Heim! Laßt mich in Ruhe! Ich will mit diesem Elfenzank nichts zu tun haben!«

Der alte Zwerg spannte sich an und machte sich bereit, gegen jeden zu kämpfen, der seine Herausforderung annehmen sollte, aber außer dem unaufhörlichen Rauschen des Schmelzsteins weiter unten am Berg blieb die Stille ungebrochen.

»Nun gut, wenn die Magie euer Spiel ist, dann sollt ihr genau das von Nugold Lodston bekommen!« schrie der Einsiedler in die Nacht hinaus. Nach diesem Ausbruch von Mut flitzte er zurück in die Mine und verriegelte die Tür hinter sich. Dann öffnete er die Kiste und musterte die hölzernen Schriftrollenbehälter. Schließlich schloß er die Augen hinter der Brille des Zauberers und langte nach einem der Behälter.

Diesmal war er umsichtiger. Seine schwieligen Finger zitterten, als er die Rolle am oberen Rand wenige Zentimeter entrollte und den Bogen vorsichtig mit den magischen Gläsern untersuchte. Die erste Buchstabenreihe begann sich in seinem Bewußtsein zu einem sinnvollen Satz zu winden.

Tisnollos Wundersame Einflüsterungsformel lautete die Überschrift.

Als daraufhin nichts Gefährliches passierte, breitete Lodston die Rolle einige Zentimeter weiter aus und las weiter.

»Um eine wirkungsvolle Kontrolle über die Gedanken und den Körper eines Untertanen zu gewinnen, muß der Meister seine okkulten Energien auf...«

Aha! Wartet mal ab, bis ich das bei diesem Milo anwende! dachte er schadenfroh. Doch Lodstons augenblickliche Neugier wurde durch seine kindliche Aufregung abgelenkt. Er rollte das Pergament wieder fest ein und legte es in den Behälter zurück. Mit einem verkohlten Stäbchen von der Feuerstelle versah er das polierte Holz mit einem kleinen Zeichen. Er konnte nicht schreiben, aber zumindest konnte er die Rollen markieren, um die sicheren von den gefährlicheren unterscheiden zu können. Dann griff er nach der nächsten Zauberrolle.

Bis zum Sonnenaufgang hatte der Zauberlehrling alle Schriftrollen in vier Kategorien eingeteilt: »Tricks«, die alle Zaubersprüche umfaßten, die seiner Meinung nach harmlos waren und die er bei Bekannten, wie etwa Milo Martin, anwenden wollte, »Schutzzauber«, die den Zauberer vor Schaden zu bewahren schienen, »Angriffszauber«, deren Überschriften auf recht zerstörerische Wirkungen hinzuweisen schienen, und »unbekannte Zauber«, deren Bedeutung der ungeübte Einsiedler selbst beim Lesen und Verstehen der ersten Zeilen nicht beurteilen konnte.

Ein Zauberer braucht auch eine Zauberrobe, dachte Lodston. Er war begeistert von der Aussicht auf neue, ungewöhnliche Kräfte. Er nahm Dalamars schwarze Robe vom Tisch und ließ sie über seinen Kopf gleiten. Aus den unzähligen geheimen Taschen, die Zauberhilfsmittel und Zutaten für Kräutertränke des Zauberers enthalten hatten, drang eine Mischung von widerlichen Düften in seine Nase. Zwar waren die Taschen jetzt leer, aber einige Reste der seltsamen Stoffe waren haften geblieben und parfümierten das seidenweiche Gewebe.

Der Einsiedler hatte vorgehabt, das viel zu große Kleidungsstück an der Taille zusammenzuraffen, damit es in der Länge paßte, aber die Robe schien zu spüren, daß seine Gestalt kleiner war. Im selben Augenblick, als sich der feste, aber gleichzeitig leichte Stoff über seine Schultern legte, spürte Lodston, wie Dalamars Kraft in die Robe strömte und sich in seinem eigenen Körper ausbreitete. Die tadellosen Nähte schienen zu schrumpfen und zogen den Saum vom Boden hoch, bis er gerade noch die Stiefel des Zwerges bedeckte.

Auf einmal durchflutete die Erinnerung an den Geist des Dunkelelfen Lodstons Bewußtsein mit fremdartigen Gedanken und Bildern und verwirrten den Zwerg mit aufblitzenden Zeichen von Feuer, Schmerz und dunklen Erscheinungen. Doch als der psychische Aufruhr unerträglich wurde, brach er jäh ab. Die starken Erinnerungen verflüchtigten sich und traten in Lodstons alten Kopf zurück und verbanden sich mit seiner eigenen schwachen Erinnerung an die Vergangenheit. Eine Energiewelle fegte über seine arthritischen Gelenke, betäubte die Schmerzen und bewegte ihn zur Tür. Die schwarzgekleidete Gestalt, die den Abhang hinunterstieg und zuversichtlich auf Digfel zuschritt, hatte wenig Ähnlichkeit mit dem zurückgezogen lebenden Zwerg, der einmal goldenes Spielzeug für Kinder hergestellt hatte.

Vier Tage später kursierten wilde Gerüchte über Lodston und seinen Gast aus Silvanesti in der Bierschenke »Zum Roheisen«.

»Er muß ein böser Zauberer sein, und er hat bestimmt etwas mit dem Ärger im Norden zu tun«, flüsterte jemand.

»Niemand hat ihn gesehen, aber schau dir nur den alten Lodston an!«

»Ich habe gesehen, daß er einen Zauber von einer Schriftrolle gelesen hat!« behauptete ein Zeuge. »Er rief einen Blitz herbei und setzte die Schmiede in Brand, nur weil der Schmied auf den Boden gespuckt hat, als er vorbeiging! Der alte Lodston war schon immer ein übellauniger Kauz, aber nie zuvor war er so niederträchtig. Ich schätze, dieser Elf hat einen bösen Zauber auf ihn geworfen.«

»Zwerge wissen doch nichts von Magie«, höhnte ein weniger abergläubischer Stadtbewohner. »Ich habe gehört, daß es sich um eine Art Familienfehde gehandelt hat – es ging um die alte Goldmine. Der Einsiedler hat wahrscheinlich nur den Schmied abgelenkt, während der Elf das Feuer gelegt hat.«

»Ich weiß, was ich gesehen habe!« protestierte der Zeuge. »Er trug eine komische Brille und las von einem Stück Pergament vor, als der Blitz aus seinen Händen fuhr. Direkt bevor die Schriftrolle explodierte!«

»Ich habe gehört, daß Lodston zu Titbor Ummer gesagt hat, daß seine Schafe eingehen würden, und das sind sie auch – wirklich alle! Titbor hat später erzählt, der alte Narr hätte ihm weisgemacht, er würde mit Hilfe einer magischen Schriftrolle die Zukunft lesen können.«

»Aber dieser alte Goldfanatiker kann doch gar nicht lesen!«

»Lesen? Bei Paladin, er kann doch nicht einmal sehen!«

»Na gut, aber jetzt kann er es! Ich habe gehört, dieser Elf wäre ein Heiler und kein Zauberer und er hätte eine Brille angefertigt, um das Augenlicht des Zwerges zu heilen«, flüsterte ein anderer.

Nervöses Gekicher brach aus, als sich an den Tischen unzählige Gerüchte über heilende Brillen verbreiteten.

»Wenn das stimmt, dann wird es hier bald von Sucherfürsten aus Solace nur so wimmeln. Ein Heiler auf Krynn? Sei kein Narr!«

»Für Nugold Lodston wäre das doch kein besonderes Problem. So wie die Dinge liegen, haßt er außer Gold alles und jeden.«

»Das alles ist nicht schwerer zu glauben als die Geschichte von einem Elfen mit schwarzer Robe, das sage ich dir. Wenn du mich fragst, dann hat das Ganze etwas mit dem Palaver im Norden zu tun.«

»Vielleicht mögen er und dieser Dalamar sich aus ganz anderen Gründen, wenn ihr versteht, was ich meine!«

Diese Anspielung von einem Betrunkenen löste die unterschwellige Spannung in der Unterhaltung und rief schallendes Gelächter in der ganzen Taverne hervor. Während des nun folgenden Ausbruchs geschmackloser Witze über Lodston und Dalamar zog ein Mann in einem groben Wollumhang die Kapuze tiefer in sein Gesicht. Dann warf er eine Eisenmünze auf den Tisch und verließ die Taverne.

Während die Stammgäste der Bierschänke »Zum Roheisen« über die Art seiner Beziehung zu Dalamar diskutierten, war Nugold Lodston gerade auf der anderen Seite von Digfel und fuchtelte mit seinem Stab vor Milo Martins errötetem Gesicht herum. Selbst seine Stimme hatte sich in den vergangenen Tagen verändert. Sie hatte einen ungeduldigen Unterton und einen merkwürdigen Akzent angenommen, bei dem er einzelne Silben verschluckte.

»Du hast gehört, was wir wollen. Wir erwarten die Lieferung wie gewöhnlich vor Einbruch der Nacht!«

»Das kann ich nicht, Nugold«, wehrte sich Martin. »Mein Wagen war in der Schmiede, als du… uh, als sie Feuer fing. Es wird eine Woche dauern, bis ich in der Lage bin, euch alle Waren zu liefern. Sag Dalamar, daß es nicht meine Schuld ist!«

Martin wich Lodstons zornigem Blick hinter der merkwürdigen, sechseckigen Brille aus. Obgleich er dem Elfen niemals begegnet war, hatte er mittlerweile vor Lodstons Gast Angst. Die Kräfte, die der Elfenzauberer seinem ungleichen Zwergenfreund verliehen hatte, reichten dem Ladenbesitzer vollauf. Hatten sie nicht den leicht reizbaren, aber harmlosen, alten Einsiedler in einen furchterregenden Zauberer mit einem bedrohlichen Zorn verwandelt? Hatte der Elf nicht das nachlassende Augenlicht des Zwerges mit jener magischen Brille, die auf Lodstons Knollennase saß, geheilt?

»Na gut, dann bring die Lieferung, sobald dein Wagen repariert ist«, knurrte der Zwerg, während er sich abwandte, um Martins Laden zu verlassen. »Vergiß nur nicht, was ich dir über die Tür gesagt habe, wenn dir dein Leben lieb ist!«

»Ich weiß, ich weiß«, murmelte der Mann. »Du und der Elf, ihr habt sie mit einem Fluch belegt. Kein Dieb, außer er ist nicht bei Trost, würde versuchen, dir oder deinem neuen ›Freund‹ etwas zu stehlen.«

Lodston grinste hinter seinem Bart und trat auf die Straße. Die merkwürdigen kleinen Gläser auf seiner dicken Nase funkelten in der spätmorgendlichen Sonne. In der Nähe unterbrach Joss gerade eine verschwörerische Diskussion mit zwei der jugendlichen Taschendiebe und murmelte hastig eine Warnung. Das skrupellose Trio verschwand aus Lodstons Weg in den Schatten. Der Einsiedler warf einen finsteren Blick in ihre Richtung und wünschte sich, einen passenden, strafenden Zauber zur Verfügung zu haben, den er auf das fliehende Dreiergrüppchen werfen konnte.

Ich weiß, daß ich alle Schriftrollen aufgebraucht habe, deren Überschrift mir etwas gesagt hat, grübelte er auf dem Heimweg. Vermutlich muß ich mein Glück mit den unbekannten

Zaubern versuchen, wenn ich diese menschlichen Trottel weiterhin bei der Stange halten will.

Sobald Lodston die Mine erreicht hatte, eilte er zur Kiste. Er hatte bereits alle Zauberformeln der Stufen »Tricks« und »Angriff« verwendet und war bereit, das Risiko auf sich zu nehmen, ein oder zwei Beschwörungen der »unbekannten« Kategorie vorzunehmen, damit sie seinen Ruf als gefährlicher Zauberer in Digfel festigten. Der Einsiedler rollte die erstbeste Schriftrolle auf, die mit vier schwarzen Zeichen versehen war, und begann zu lesen.

Hapgammitons Tor der Ebenen

Um Wesen fremder Intelligenz herbeizurufen, die auf anderen Existenzebenen wohnen, ist es für den Zauberer unabdingbar, daß er sich fünf Nächte hintereinander vorbereitet, bevor er die Beschwörung ausspricht. Bei fehlender vorhergehender Läuterung wird die Beschwörung wirkungslos bleiben oder nicht voraussehbare Folgen haben.

Pah! Das wußte ich bereits, daß man nicht alles voraussehen kann! dachte Lodston. Das Schlimmste, was passieren kann, ist, daß nichts passiert. In diesem Fall nehme ich einfach eine andere Schriftrolle. Unverzagt übersprang der Amateurzauberer die nächsten Abschnitte und las gleich die uralten Worte am Ende des Pergaments.

Seine Aussprache und sein Verständnis des in Vergessenheit geratenen Elfendialekts hatten sich mit jedem Mal, wo er Dalamars Schriftrollen las, verbessert. Jetzt schwand sein Zwergenakzent zu einer bloßen Andeutung dahin wie auch seine Persönlichkeit, wie sie ursprünglich gewesen war, bevor sie von den Zaubersprüchen und der Robe des Dunkelelfen beherrscht worden war. Lodston intonierte die uralten Worte perfekt und ließ zu, daß sich in seinem Bewußtsein und Körper der Geist der Schriftrolle mit den Überbleibseln von Dalamars Kraft vereinigte.

Margash joras nollen grath
Grissit dorsi, grissit blude;
Itel forna drilid shude;
Margash nepps u hallem grath!

Befolge diese Worte der Macht,
Wächter an der Schwelle, Wächter am Tor!
Entriegle die bewachte Tür,
Befolge den Befehl von diesem Diener der Macht!

Kaum hatte der Zwerg die letzten Zauberworte ausgesprochen, als der feste Steinboden unter seinen Füßen zu beben begann. Lodstons war nicht geübt, sich zu konzentrieren, und versagte jetzt völlig, als ein dünner, glanzloser Lichtstrahl durch Boden und Decke seiner stabilen, künstlichen Höhle zu schneiden schien. Der verängstigte Einsiedler brach stammelnd auf dem Boden zusammen und beschützte sein Gesicht vor dem stärker werdenden Licht.

Plötzlich begann sich der Strahl zu teilen, als ob sich eine Tür zu einer neuen, dunkleren Dimension öffnen würde. Zwischen seinen zitternden Fingern spähte Lodston hindurch und erblickte im Innern der Öffnung Gestalten, die sich bewegten, unheimliche Wesen mit schuppigen Fortsätzen und Tentakeln, die sich wanden und zu der Türöffnung glitten, die durch Dalamars Schriftrolle aufgebrochen worden war.

Der Zwerg stöhnte auf und kroch auf die Tür zu. Als er gerade nach dem Riegel greifen wollte, explodierte das stabile Holz von einer gewaltigen Kraft, die von draußen kam. Der

Zwerg wurde an Kopf und Brust von unzähligen, dicken Splittern getroffen, und die Erschütterung schleuderte ihn mit solch einer Wucht gegen die Wand am anderen Ende des Raumes, daß er wie betäubt auf dem Boden sitzen blieb. Die Augengläser des Wahren Blicks fielen ihm vom Gesicht in den Schoß. Jetzt war er nicht nur benommen, sondern auch wieder halb blind wie früher. Doch wegen des einströmenden Sonnenlichts von draußen konnte er die Türöffnung erkennen. Außerdem nahm er eine große Gestalt wahr, die, in einen Umhang aus grober Wolle und mit einer Kapuze gekleidet, die zerstörte Türöffnung ausfüllte.

»Idiot! Was hast du getan?«

Dalamars unverwechselbarer Akzent dröhnte in dem kleinen Raum.

»Dalamar!« versuchte der Einsiedler zu schreien. »Hilf...«

»Sei still, du einfältiger Narr! Ich muß versuchen, dein Tun rückgängig zu machen, bevor sich das Tor noch weiter öffnet!«

Das Blut aus mehreren Kopfwunden trübte Lodstons Blick noch mehr. Er wurde immer schwächer und versuchte verzweifelt, bei Bewußtsein zu bleiben. Durch den Schleier konnte er Dalamar kaum erkennen, der den Boden mit einem Stück Kreide markierte. Mit Tentakel versehene Klauen und noch seltsame Glieder drangen nach oben über den Kopf des Dunkelelfen, während der im Schutze des hastig gezeichneten Pentagramms immer wieder denselben Singsang anstimmte.

Einen Augenblick schien es, als ob die Horde der unirdischen Kreaturen, die Lodston herbeigerufen hatte, in die Kammer schwärmen und den Zauberer verschlingen würde. Doch er stand den schrecklichen Wesen mit unbeirrbarer, tiefer Konzentration gegenüber, bis sich das Tor zu schließen begann. Schließlich hob Dalamar beide Hände hoch und schrie so laut, wie er konnte, den Singsang. Mit dieser letzten Energiewelle gelang es ihm, Reste des ätherischen Lichts zu vertreiben, die noch übriggeblieben waren. Stille und Halbdunkelheit senkten sich über das schwindende Bewußtsein des Einsiedlers.

Dalamar blickte erst zu dem Zwerg hinüber und dann zu dem einfachen Tisch, wo die offene Kiste mit seinen Zauberbüchern und den restlichen Schriftrollen stand. Der Dunkelelf nahm die magischen Schriften aus der Kiste und untersuchte sie einzeln nach Zeichen der Beschädigung.

»H... h... hilf mir, D... d... dalamar«, flehte Lodston mit schwacher Stimme. Er kroch nach vorne, wobei das Blut aus seinen unzähligen Wunden eine Spur zurückließ, bis er mit einer schwieligen Hand einen Knöchel des Elfen umklammern konnte, »Ich b... b... brauche W... w... wasser.«

Doch Dalamar zog entschieden sein Bein von der Umklammerung durch die Finger des Einsiedlers fort.

»In ein oder zwei Minuten wirst du nichts mehr brauchen, alter Zwerg«, sagte er dem Einsiedler. »Du wirst deinen Frieden haben, aber für deinen Ungehorsam wirst du teuer bezahlen. Die Geister, die du mit deinen stümperhaften Beschwörungen herbeigerufen hast, haben sich bereits gen Norden nach Qualinesti aufgemacht, wenn nicht noch weiter. Dank dir und deiner Einmischung wird diese friedliche Stadt in den Krieg der Königin der Finsternis hineingezogen werden. Aber du wirst dann schon lange deinen Frieden haben.«

Dalamar beobachtete in bitterem Schweigen, wie sich Lodstons zuckende Finger vor seinen Füßen entspannten. Dann schleuderte er den groben Umhang des Einsiedlers beiseite und bückte sich, um seine schwarze Robe von Lodstons Leichnam zu nehmen.

Sobald Milo Martin den Pfad am Fluß entlang erreicht hatte, der zu Lodstons Goldmine führte, konnte er erkennen, daß etwas überhaupt nicht in Ordnung war. Er ließ die Säcke mit dem Proviant auf dem Pfad liegen und bahnte sich verstohlen seinen

Weg durch das Gebüsch, bis er den dunklen Eingang sehen konnte.

Teile der schweren Tür hingen nur noch an einer Angel. Eine schreckliche Kraft hatte das stabile Tor nach innen explodieren lassen und es zertrümmert, als wäre es eine Eierschale. Nervös schlich sich der Ladenbesitzer näher heran und suchte den Boden nach Spuren ab. Der sandige Grund war mit Hunderten von Fußspuren, Stiefeln mit niedrigen Absätzen von der Art, wie sie normalerweise Elfen tragen, durchlöchert. Er bemerkte auch die Abdrücke von großen Hunden, wahrscheinlich Bluthunden, wie sie zum Aufspüren von Verbrechern verwendet wurden. Zufrieden, daß sich keiner von Lodstons Besuchern in der Nähe der Mine aufhielt, ging Martin vorsichtig zur Türöffnung. Dann rief er mit leiser, zögernder Stimme, als würde er eine Antwort genauso befürchten wie überhaupt keine:

»Nugold! Nugold Lodston! Ich bin es, Milo Martin, ich bringe deine Waren!«

Irgendwie schien die Stille dem vorsichtigen Mann unheilvoller als eine Antwort. Vorsichtig stieg er über den Schutt, der einst die Tür gewesen war, und trat in die düstere Kammer. Die Kammer war durchwühlt worden, und der Gestank von Verwesung ließ Übelkeit in ihm aufsteigen. Lebensmittelpakete aus seinem Laden waren aufgebrochen worden und lagen überall verstreut herum. Über die gesamte Vorkammer hatte sich eine feine Mehlschicht gelegt, die alle Gegenstände mit einem unheimlichen, weißen Mantel überzog.

Martin zündete eine Lampe an, die er auf einem kleinen Tisch gefunden hatte. Ihr Licht leuchtete durch den Nebel aus Mehl, den er beim Eintreten hochgewirbelt hatte. Am Ende des Raumes sah er eine weitere zerbrochene Tür, die zu einem pechschwarzen Tunnel führte. Welche Kraft auch immer das schwere Holz dieser Türen zertrümmert hatte, sie mußte von mehr als bloß einem wiederholt eingesetzten Rammbock stammen. Die Innentür schien vollständig aus den Angeln gesprengt worden zu sein.

Der Händler wollte gerade auf den Tunnel zugehen, als er neben dem Tisch über etwas Weiches stolperte. Er leuchtete mit der Lampe dorthin und erkannte den zerfetzten Wollumhang des alten Zwerges. Unter dem Kleidungsstück lag etwas Festeres, etwas, was offensichtlich die Quelle des Gestanks in dem kleinen Zimmer war. Martin hob einen Zipfel des schmuddeligen Fetzens an, gerade genug, um die Bestätigung dessen zu erhalten, was er befürchtet hatte. Der verwesende Leichnam des alten Einsiedlers lag inmitten eines geheimnisvollen Diagramms, und sein aufgedunsenes Gesicht starrte mit leerem Blick zur Decke hoch. Gesicht und Brust waren mit scharfen Splittern von der Außentür übersät, und am Hinterkopf hatte er klaffende Wunden und Prellungen.

»Was haben sie mit dir angestellt, alter Freund? Wo ist denn jetzt deine feine Zaubererrobe?« murmelte Martin verdrießlich. Einige wenige Tränen gaben seinen blauen Augen einen feuchten Schimmer. Trotz Lodstons Verschrobenheit wußte der Händler, daß er die seltenen Besuche des Zwerges in Digfel vermissen würde. »Du hast mit dem Feuer gespielt, als du dich darauf eingelassen hast, von diesem Elfenzauberer in der Magie unterrichtet zu werden!« rügte er den stummen Leichnam.

Martin schüttelte den Kopf und wandte sich von Lodstons Leiche ab. Praktisch, wie er nun einmal dachte, nahm er einen leeren Mehlsack und begann in den Trümmern nach Wertgegenständen zu wühlen, die er in seinem Laden verkaufen konnte. In einer angekohlten Ecke fand er einen Becher und einen Löffel aus Metall, mehrere halbfertige, goldene Figuren und ein paar Krümel billigen Tabaks, den er in Wein tränken konnte, um seinen bitteren Geschmack zu vertuschen. Im Lampenlicht sah er eine Mehlspur, die in die Mine führte und wohl von dem Suchtrupp aus Qualinesti stammte. Gleich vorne im

Minendurchgang erblickte er eine kleine, stabile Kiste, die leer auf der Seite lag.

Was auch immer in der Kiste gewesen sein mochte, ob Magie oder nicht, gehörte jetzt dem Dunkelelfen oder seinen Freunden, dachte Martin bitter. Gerade als er aufbrechen wollte, fiel ihm auf, daß das Licht von der Türöffnung einen Gegenstand unter dem Tisch aufblitzen ließ, etwas aus Metall und Glas.

»Aha! Die berühmte heilende Brille, schätze ich«, murmelte Martin. Er hob sie von dem blutbesudelten Boden auf, säuberte sie und setzte sie sich auf die Nase. Die dicken Gläser verzerrten seine Sicht derart, daß ihm schon bald der Kopf zu schmerzen begann.

Pah! In Digfel kenne ich niemanden mit so schlechten Augen, daß er diese Brille tragen könnte. Was für eine Verschwendung von guter Handwerkskunst! dachte er. Dennoch, ein Durchreisender könnte sie nötig haben. Martin runzelte die Stirn, nahm die Brille ab und stopfte sie automatisch in eine seiner Hosentaschen. Dann ging er auf das schwindende Sonnenlicht zu, das von draußen durch Lodstons zertrümmerte Tür fiel.

Der Geschichtenerzähler

Barbara Siegel und Scott Siegel

»Spinner Kenro, du bist verhaftet!« verkündete der Offizier der Drachenarmee und drückte dabei die Spitze seiner Klinge an meine Kehle.

Ich schluckte mühsam und hoffte, daß mein zuckender Adamsapfel nicht von seinem Schwert durchgeschlitzt werden würde. Als ich antwortete, versuchte ich krampfhaft, meine Stimme fest klingen zu lassen. »Ich habe kein Gesetz gebrochen. Auf welche Anklage hin willst du mich verhaften?«

Der Offizier, ein Mensch mit einem von unzähligen, gefleckten Brandnarben entstellten Gesicht und kalten, grauen Augen, knurrte: »Du wurdest gewarnt, Kenro, mit deinem Geschichtenerzählen aufzuhören. Die Drachenfürstin gibt niemandem zweimal eine Chance.«

Ich stand nahe der Feuerstelle im Schankraum des Wirtshauses »Zur Prankenspur«. Ich hatte gerade eine meiner Geschichten vor versammelter Zuhörerschaft beendet. Wie seltsam es doch war, sie alle an einem Ort zu sehen: Die Kender mit ihrer lustigen, farbenfrohen Kleidung stachen wie Sterne an einem schwarzen Himmel von den feierlichen, grauen Bärten der auf Sitte und Anstand bedachten Zwerge und der erdbraunen Hautfarbe der Gnome hervor, die unaufhörlich etwas zu tun hatten.

Der Offizier der Drachenarmee schien sie nicht zu beachten.

Vermutlich hatte er nichts zu befürchten, denn seine Soldaten hatten direkt nach ihm das Wirtshaus betreten und sich an den Ausgängen aufgestellt.

Aus den Augenwinkeln sah ich den Kender Quinbi Kull mit gerötetem Gesicht und aufgeblähten Backen nach vorne stolzieren. Obwohl Quinbi unbewaffnet und nur halb so groß wie der Offizier der Drachenarmee war, wirkte er durch und durch furchtlos. Ich wünschte, ich hätte das gleiche von mir sagen können.

»Spinner ist unser Freund, und du hast kein Recht, ihn einzusperren!« erklärte Quinbi.

»Im Gefängnis der Drachenfürstin ist auch noch Platz für dich, Kender«, erwiderte der Offizier böse.

Quinbi schien über die Antwort nachzudenken, bevor er unschuldig nachfragte: »Wieviel Platz ist denn überhaupt noch im Gefängnis der Drachenfürstin? Ich dachte, es wäre bereits voll.«

Der Offizier nahm die Spitze seines Schwertes von meiner Kehle und trat nach vorne, um Quinbi zu bedrohen.

Ich ergriff den Offizier am Arm. »Er meint überhaupt nichts damit«, mischte ich mich schnell ein. »Laß ihn in Ruhe.«

Schon bald nach meiner Ankunft in Treibgut vor einigen Wochen war Quinbi mir ein guter Freund geworden. Ich war ungepflegt gewesen, und mein Geist war fast gebrochen, bevor meine lange, ziellose Wanderung aus der Umgebung von Solace in dieser düsteren, gefährlichen Stadt geendet hatte. Auf der Suche nach Zuhörern für meine Geschichten hatte ich mehr als den halben Kontinent durchwandert. Und hier hatte ich sie schließlich gefunden. Und darüber hinaus hatte ich Freundschaft gefunden...

»Bitte«, flehte ich und ließ den Arm des Soldaten nicht los.

Der Offizier der Drachenarmee senkte langsam sein Schwert.

»Es ist in Ordnung, Quinbi«, sagte ich. »Ich gehe mit diesen Soldaten mit, und alles wird sich wieder einrenken. Ich bin sicher«, fügte ich mit mehr Zuversicht hinzu, als ich verspürte, »daß ich morgen wieder auf freiem Fuß bin.«

Der Zwerg Viger Feuerbogen trat plötzlich neben Quinbi und erklärte kühn. »Mir gefällt das nicht. Du solltest lieber bei uns bleiben, Spinner.«

Der Offizier der Drachenarmee zog voller Unruhe die Augenbrauen hoch. Zwerge und Kender in Eintracht? »Die Drachenfürstin hatte recht«, murmelte er.

»Womit hatte sie recht?« fragte ich.

»Daß du ein gefährlicher Mann bist. Genug von diesem Gerede. Laß uns gehen, Kenro, oder ich haue dir gleich jetzt den Kopf ab. Das würde deinem Geschichtenerzählen ein schnelles Ende bereiten, nicht wahr?« höhnte er.

Da mir nichts anderes übrigblieb, folgte ich dem Offizier aus dem Wirtshaus. Quinbi und Viger Feuerbogen wurden zur Seite gestoßen, doch unter der Menge machte sich Unruhe breit.

»Wohin bringst du Spinner?« schrie ein Kender.

»Wir wollen noch eine Geschichte hören!« rief ein Zwerg an der anderen Seite des Raumes. »Laßt Spinner frei!«

»Jawohl! Laßt Spinner frei!« schrie ein junger Gnom und griff den Ruf auf.

Wenig später begannen alle in dem Raum – außer natürlich den Soldaten der Drachenarmee – zu singen: »Laßt Spinner frei! Laßt Spinner frei!«

Die Kender, Zwerge und Gnome, mit denen das Wirtshaus überfüllt war, hatten sich noch nie für eine Sache zusammengeschlossen – außer um untereinander Kämpfe auszutragen –, und dadurch war es für die Drachenfürstin ein einfaches Spiel gewesen, über sie zu herrschen. Auf einmal sahen die Soldaten der Drachenarmee jetzt etwas, das ihnen die Augen für eine neue und erschreckende Wirklichkeit öffnete. Die drei Rassen hatten sich zu meiner Verteidigung verbündet!

Offen gesagt, auch mich verblüffte das.

Die wütende Menge – es waren bestimmt mehr als zweihundert Personen – begann vorwärtszudrängen.

»Sag ihnen, sie sollen aufhören!« befahl der Offizier.

Ich sah, daß die Soldaten ihre Armbrüste hoben.

Das war Wahnsinn.

»Hör mir zu«, sagte ich zu dem Offizier, »laß mich eine Geschichte erzählen. Das wird sie beruhigen.«

Der Offizier sah hinüber zu den zusammengedrängten empörten Wirtshausbesuchern und dann zu seinen nervösen Soldaten. Er zuckte die Schultern und stimmte widerwillig zu: »Aber mach's kurz.«

Ich streckte die Arme hoch, um für Ruhe zu sorgen.

Sofort verfielen alle in ein erwartungsvolles Schweigen. Ich war erleichtert – und auch der Offizier.

»Ich muß mit diesen Männern mitgehen, aber zuvor werde ich euch eine kleine Geschichte erzählen, um diesen recht bemerkenswerten Nachmittag zu beenden.« Ich warf dem Offizier einen scharfen Blick zu. Er hielt noch immer sein Schwert in der Hand und funkelte mich böse an.

Ich holte tief Atem und begann: »Es ist eine Geschichte, die so alt wie die Zeit selbst ist, aber so kurz wie die Erinnerung der Menschen. Sie handelt von drei Waisenkindern, die in einer Stadt aufwachsen, die Treibgut nicht unähnlich ist.«

»Es ist eine traurige Geschichte«, seufzte Viger Feuerbogen auf. »Ich liebe es, wenn Spinner mich zum Weinen bringt.«

Bei den Zuhörern setzte bereits ein Schniefen ein. Es waren mehrere Zwerge, die in Erwartung meiner Geschichte zu weinen begannen.

»Ja, es ist eine traurige Geschichte«, stimmte ich zu, »aber man kann aus ihr eine Lehre ziehen. Wißt ihr«, fuhr ich fort,

»die Waisen waren am Verhungern, und sie bekämpften sich gegenseitig wegen jedes Brotkrümels, den sie fanden. Es war keine arme Stadt, wohlgemerkt, keineswegs. Es war eine wohlhabende Stadt mit Macht, Reichtum und Eleganz. Nur nicht für unsere drei kleinen Wichte. Die Stadtältesten sahen auf sie herab, spuckten sie an und beleidigten sie.«

Der Offizier der Drachenarmee beäugte mich eingehend. So fest hielt er sein Schwert umklammert, daß die Knöchel weiß anliefen.

Ich beeilte mich mit meiner Geschichte.

»Eines Tages befanden sich die drei Waisen am Rande der Stadt. Und dort stießen sie zufällig auf einen Großen Roten Clarion, diesen wilden, magischen Vogel, den sogar einige der kleineren Drachen fürchten. Wenn sie den Clarion fangen und seine Magie in den Händen halten könnten, dann würde man die Waisen nie wieder auslachen, und sie würden nie mehr Hunger leiden müssen.

Der Clarion war am Flügel verletzt und konnte deswegen nicht wegfliegen. Aber seine Krallen waren scharf, und sein Schnabel war eine beachtliche Waffe.

Hier bot sich den drei Waisen endlich eine Gelegenheit zu einem neuen Leben, und sie mußten nur gemeinsam vorgehen, um den magischen Vogel fangen zu können.«

Ich stieß einen Arm nach vorne und zeigte auf meine Zuhörer. »Aber arbeiteten sie zusammen, um die Magie des Clarion zu nutzen? Nein!« verkündete ich. »So hungrig und so verzweifelt waren diese armen Waisen, daß sie nicht einmal daran dachten, sich zusammenzuschließen. Statt dessen kämpften sie gegeneinander wegen des Clarions. Und während sie kämpften, schlichen sich die Stadtältesten heran und fingen den Vogel – mit seiner Magie – für sich selbst!«

»Oh, wie konnten diese Waisen nur so närrisch und dumm sein!« schrie Quinbi.

»Es ist eine fürchterliche Schande!« stimmte Viger dem Kender zu. »Die drei Waisen hätten es besser wissen sollen.« Der Zwerg sah, wie sich Barsch die Tränen von den Augen wischte. Er klopfte dem Anführer der Gnome sanft auf die Schulter.

Die Gnome sahen zu Barsch auf, nicht deswegen, weil er der größte von ihnen war, sondern weil er der großartigste und inspirierteste Erfinder unter ihnen war. Viger andererseits hielt Barsch für einen hoffnungslos verwirrten Erschaffer von unsinnigen und unmöglichen Maschinen. Aber in diesem Augenblick waren Viger und Barsch einer Meinung.

Barsch wandte sich um und sah schluchzend seinen neuen Freund Viger an. »Sie hätten einen Weg ersinnen sollen, um zusammenzuarbeiten. Dann hätten sie diesen grausamen Stadtältesten ihre ganze Macht und den ganzen Reichtum wegnehmen können!«

Der Offizier der Drachenarmee, der neben mir stand, zischte mir ins Ohr: »Du bist ein ganz Kluger, Kenro, aber mich kann man nicht täuschen. Ich weiß, worauf du hinauswillst. Beende jetzt diese Geschichte, oder ich beende dein Leben!«

Ein Geschichtenerzähler ist ein Nichts, wenn seine Geschichten nicht wahr klingen. Und diese Geschichte hatte sogar einen wahren Schluß...

»Meine Freunde«, sagte ich leise, so daß sich alle nach vorne beugten und die Ohren spitzten, *»die drei Waisen befinden sich hier in diesem Raum.«*

Der Offizier begann sein Schwert zu heben.

Im gleichen Augenblick jedoch schrien die Kender: »Wo sind sie? Haben sie sich unter den Tischen versteckt?«

»Ihr Türknöpfe!« brüllten die Zwerge und funkelten die Kender verächtlich an. Sie wußten, was ich meinte. Was die Gnome anbelangte, waren sie in heller Aufregung, aber sie sprachen alle so schnell, daß niemand ein einziges Wort verstehen konnte.

Der Offizier lachte die Angehörigen der drei Rassen aus. »Die Narren«, verhöhnte er sie. Dann stieß er mich mit der Spitze seines Schwertes an. »Zur Tür, Kenro«, befahl er.

Ich komme aus einem kleinen Walddorf und hatte niemals die berauschende Wirkung erlebt, die eintritt, wenn man eine Menge seinen eigenen Namen rufen hört. Aber Plauder-Jekson hatte es erlebt. Das war aber auch ein Mann, der sich Geschichten ausdenken konnte! Die Leute unternahmen zweitägige Wanderungen zu unserem Dorf, nur um ihn zu hören. Ihre Rückreise jedoch schien stets schneller zu verlaufen, weil ihre Köpfe mit seinen wundersamen Geschichten erfüllt waren.

Bereits als Kind trottete ich hinter Plauder-Jekson her, egal, wohin er ging. Ich übernahm seine Geschichten und auch seine kleinen Tricks mit der Stimme und die Art, wie er den Körper am Höhepunkt einer Geschichte bewegte. Er nahm mich unter seine Fittiche und lehrte mich noch mehr. Plauder-Jekson war nicht nur ein Lehrer für mich. Er war wie ein Vater zu mir – ein Vater, der von morgens bis abends Gutenachtgeschichten erzählt. Aber nie war ich so gut wie er, und niemand wollte mir noch zuhören, wenn Plauder-Jekson aufgefordert werden konnte, seine Geschichten zu erzählen. Trotz allem, was ich gelernt hatte, wurde ich nicht benötigt und war unerwünscht und nutzlos.

Es lag auf der Hand, daß ich fortgehen und auf eigenen Beinen stehen mußte, aber davor hatte ich Angst. Was war, wenn mir auch dort niemand zuhörte?

Eines späten Abends ging Plauder-Jekson mit mir am Fluß Flicken spazieren und – wie sollte es anders sein! – erzählte mir eine Geschichte. In seiner kleinen Geschichte wurde ich ein Held, ein Mythos, ein Geschichtenerzähler, dessen Name die Jahrhunderte überdauern sollte. Während des Zuhörens konnte ich mich sehen, wie ich oben auf einem Hügel stand, die

Sonne schien auf mich herab, und Hunderte – nein, Tausende – von Leuten hatten sich unten versammelt, um meinen Worten zu lauschen.

Trotz meiner entsetzlichen Angst verließ ich meine Heimat und machte mich ins Unbekannte auf wie auf einer dünnen Wolke von Plauder-Jeksons Worten treibend. So gewaltig war sein Einfluß als Geschichtenerzähler.

Kreuz und quer durch Krynn reiste ich und erzählte in Dörfern und kleinen Städten meine eigenen Geschichten, mit denen ich jedoch kaum eine Träne oder ein Lachen hervorlocken konnte. Ich hielt mich für einen unendlichen Versager. Aber dann kam ich nach Treibgut. Unter den Kendern, Zwergen und Gnomen gab es keine Geschichtenerzähler. Als sie meinen Geschichten zuhörten, war es, als wäre der erste Drache beflügelt worden. Sie lauschten mit weit aufgerissenen Augen und starrten mich voller Ehrfurcht und Faszination an.

Kurz nach meiner Ankunft in Treibgut hatte ich in einer Gerberei einer kleinen Gruppe von Kendern gegen eine Mahlzeit eine Geschichte erzählt. Am Ende meiner Geschichte weinte der Gerber. Einer seiner Freunde nahm mich mit nach Hause und bewirtete mich. Während des Essens erzählte er mir, daß die Tochter des Gerbers am vergangenen Neumond gestorben wäre. Obwohl der Vater sein kleines Mädchen wirklich geliebt habe, hätte er bei der Beerdigung nicht geweint. »Warum«, fragte er mich, »konnte der Gerber um Leute in deiner Geschichte weinen und nicht um seine Tochter?«

Weil ich so ein wunderbarer Geschichtenerzähler bin, daß ich einen Stein zum Weinen bringen kann, wollte ich antworten. Aber ich sagte es nicht. Ich wußte die Antwort nicht – bis jetzt. Ich erinnerte mich, daß Plauder-Jekson einmal gesagt hatte, Geschichten wären die Fenster des Lebens. Sie lassen jeden hineinspähen und zeigen, daß man in seinem Leiden nicht alleine dasteht. Es ist dieses Wissen, das uns Hoffnung verleiht, wenn unsere Welt düster ist, und uns zum Lachen bringt, wenn wir unsere eigene Torheit sehen, und uns zum Weinen bringt, wenn Tränen die einzige Antwort sind. Ohne dieses Fenster, hatte er gesagt, werden zuweilen die großartigsten Gefühle niemals berührt, niemals gespürt und niemals geteilt.

Oh, wie sehr wünschte ich mir, daß Plauder-Jekson hätte dabei sein können, um die große Menge im Wirtshaus »Zur Prankenspur« zu erleben, die meinen Namen ausrief. Er wäre stolz auf mich gewesen. Ich hatte viele Fenster geöffnet.

Ich wurde der Drachenfürstin vorgeführt. Sie hatte lange, schlanke Beine, die nur teilweise von ihrer Rüstung verhüllt wurden. Und über dem Brustharnisch bekam man einen reizvollen Eindruck von ihrer Haut. Aber es war ihr Gesicht mit den strahlenden, grünen Augen und den hohen Wangenknochen, das mich wie festgenagelt verharren ließ. Sie sah aus wie eine der Frauen, die Geschichtenerzähler gewöhnlich zum Mittelpunkt in ihren Liebesgeschichten machen. Vielleicht ist das der Unterschied zwischen Geschichten und der Wirklichkeit.

Während ich auf den Knien vor ihr wartete, flüsterte die Drachenfürstin etwas einem ihrer Generäle zu. Ich konnte nur den Namen Tanis verstehen und einen Befehl, die Drachen bereitzuhalten, um ein Schiff anzugreifen, das gerade ausgelaufen war. Offensichtlich hatte sie nicht vor, viel Zeit mit meinem Fall zu verschwenden.

»Was bringst du zu deiner Verteidigung vor?« herrschte sie mich an, als sie mir schließlich ihre Aufmerksamkeit zuwandte.

»Verteidigung?« fragte ich. »Wie soll ich mich verteidigen, wenn ich nicht einmal die Anklage kenne?«

Ihre vollen Lippen öffneten sich zu einem unfreundlichen Lächeln, bei dem sie scharfe, weiße Zähne entblößte.

»Die Anklage«, erklärte sie mit überraschender Sanftheit, »lautet auf Verrat.« Immer noch lächelnd fuhr sie fort: »Wenn wir Krynn erobern wollen, ist es unabdingbar, daß die Kender, Zwerge und Gnome Tag und Nacht arbeiten. Aber jetzt drükken sie sich vor der Arbeit, um sich dein unsinniges Geschwätz anzuhören. Deine dummen Geschichten haben sie in unselige Träumer verwandelt, die ins Leere starren und ihre Arbeit vernachlässigen.«

»Bitte«, begann ich und erwiderte ihr Lächeln mit einem eigenen, »du mußt doch verstehen, daß Geschichtenerzählen kein Verbrechen ist. Die Phantasie ist ein Teil der Seele. Wenn sie fehlt, könnten meine Zuhörer genausogut Tiere sein.«

Darüber lachte die Drachenfürstin. »Tiere. Stimmt! Genau das sind diese Rassen. Und das sollen sie auch bleiben. Arbeitstiere. Also, was bringst du zu deiner Verteidigung vor?«

Ich wußte nicht, was ich sagen sollte. Es stimmte wohl, daß ich die Tyrannei der Drachenarmee verabscheute, doch bisher hatte ich noch nie mein Geschichtenerzählen als Verrat aufgefaßt. »Nicht schuldig«, sagte ich.

»Im Interesse der Gerechtigkeit«, verkündete die Drachenfürstin, während sie sich erhob, »gebe ich den Angeklagten vor diesem Gericht stets die Gelegenheit, sich zu verteidigen.« Sie lächelte wieder. »Aber letztendlich entscheide ich über Wahrheit und Lüge. Und du, Spinner Kenro, bist der Anklage schuldig.«

Ich wollte mich aufrichten und Einspruch einlegen, aber zwei Soldaten hielten mich an der Schulter fest und drückten mich auf den Boden.

»Ich verurteile Spinner Kenro zum Tod durch Erhängen«, verkündete sie. »Das Urteil soll morgen früh bei Tagesanbruch vollstreckt werden. Stellt sicher, daß sein Schicksal in der ganzen Stadt bekannt wird. Unsere ›Bürger‹«, höhnte sie, »sollen erfahren, was denen widerfährt, die sich in Träume verlieren.«

Ich wurde zu einem jungen Halb-Elfen namens Davin in eine Zelle geworfen, wo ich auf meine Hinrichtung warten sollte. Er war still und sprach kein einziges Wort. Aber ich.

Ich erzählte ihm meine Geschichte.

Während ich ihm erzählte, wer ich war, was ich getan hatte und was mir bevorstand, geschah etwas Wunderbares außerhalb der Gefängnismauern.

Quinbi Kull, dieser furchtlose Kender, ging mutig in das Zwergenviertel der Stadt und suchte Viger Feuerbogen auf.

»Hast du von Spinners Verurteilung gehört?« fragte er den Zwerg. Bevor Viger antworten konnte, verkündete Quinbi: »Wir müssen unserem Freund helfen. Wenn er stirbt, wird es keine Geschichten mehr geben.«

Viger Feuerbogen grub den Absatz seines Stiefels in die festgepreßte Erde, bevor er antwortete: »Du weißt, wie ich normalerweise über Menschen denke. Sie sind nicht die Haut wert, in der sie stecken. Du kannst ihnen einfach nicht vertrauen. Aber«, fügte er hinzu und sah Quinbi direkt in die Augen, »Spinner ist anders. Er ist nicht so wie die anderen Menschen. Und er ist gewiß nicht so wie diese Soldaten der Drachenarmee. Ich mag ihn genauso wie du. Vielleicht sogar noch mehr.«

Quinbi rümpfte die Nase. »Das ist lächerlich«, gab er zurück. »Ich mag Spinner mehr als du, und von allen mag er mich am liebsten.«

»Stimmt nicht«, konterte der Zwerg.

»Doch«, widersprach der Kender.

»Stimmt nicht«, wiederholte der Zwerg.

»Doch«, beharrte der Kender.

Diese Auseinandersetzung hätte noch die ganze Nacht so weitergehen können, wäre nicht Barsch, der Gnom, plötzlich eilig aufgetaucht.

»Spinner soll bei Tagesanbruch gehängt werden«, berichtete er.

Quinbi und Viger hörten mit ihrem Streit auf und nickten ernsthaft. »Das wissen wir«, sagte Viger.

»Das ist schrecklich!« rief Barsch aus. »Wenn die Drachenfürstin ihn tötet, wird es keine schönen Frauen mehr geben, die die Toten mit einem Kuß wieder auferwecken, keine aufregenden Verfolgungen durch Feuerwände und keine großen Helden, die für die Freiheit kämpfen und sterben. Wie langweilig alles wieder sein wird, wenn er getötet wird.«

Viger Feuerbogen sah auf diese beiden Wesen, den Kender und den Gnom, Rassen, die er und sein Volk niemals hatten leiden können. Aber in diesem Augenblick empfand er eine Verwandtschaft zu ihnen, die sein Herz rührte. Ihre Liebe zu Spinner Kenro verband sie miteinander. Und vielleicht genügte das, damit sie sich zusammenschlossen, wie es diese drei Waisen in Spinners Geschichte hätten tun sollen. Viger lächelte in sich hinein. Es war schon ein witziger Zufall, daß Spinners Geschichte ihrem gegenwärtigen Dilemma so ähnlich war. Aber er tat den Gedanken mit einem Schulterzucken ab. Wichtigere Angelegenheiten erforderten seine Aufmerksamkeit.

»Wie wäre es, wenn wir versuchen, Spinner zu befreien?« schlug der Zwerg vor.

»Was?« fragte Barsch, der seinen Ohren nicht recht trauen wollte.

»Er sagte: ›Wie wäre es, wenn wir versuchen, Spinner zu befreien?‹«, wiederholte der Kender hilfsbereit.

»Das habe ich gehört«, erwiderte Barsch.

»Warum hast du dann ›Was?‹ gesagt?« fragte der Kender.

Viger Feuerbogen stieß einen tiefen Seufzer aus. Manchmal war ein vernünftiges Gespräch mit einem Kender unmöglich.

»Mach dir nichts draus«, redete Barsch los. »Uns bleibt nur noch Zeit bis zum Morgengrauen. Dann wollen sie Spinner aufhängen. Zwischen jetzt und diesem Zeitpunkt müssen wir einen Weg finden, um in das Gefängnis einzudringen, ihn zu befreien und in Sicherheit zu bringen, bevor die Drachenfürstin und ihre Soldaten uns aufhalten können. Wenn er erst einmal frei ist, werden wir ihn beschützen und verstecken, damit er uns immer seine Geschichten erzählen kann.«

»Das wird der Drachenfürstin nicht gefallen«, warf Viger ein.

»Seit wann kümmert es dich, was die Drachenfürstin denkt?« fragte Quinbi.

Der Zwerg mußte lächeln. »Das hat es noch nie wirklich getan.«

»So ist es auch bei mir«, stimmte Quinbi zu.

»Das gleiche gilt für mich«, sagte auch Barsch. »Die Drachenfürstin zählt nicht zu meinen Freunden. Aber Spinner. Und ich sage euch: Heute abend befreien wir ihn!«

Alle drei stimmten überein, daß Spinner gerettet werden mußte. Nach diesem Entschluß schüttelten sie sich die Hände und machten sich unverzüglich an die Arbeit, einen Plan zu schmieden.

Es fiel Barsch und seinen Gnomen zu, schnellstmöglich ein Gerät zu entwickeln, mit dem sie die Gefängnismauern erklimmen und dann das Tor öffnen konnten. Quinbi sollte jeden Kender in der Stadt mobilisieren, damit sie das Gefängnistor stürmen, sobald dieses geöffnet war, und dort die Stellung halten konnten, während Viger und seine Zwerge in das Gefängnis rasen und mit Spinner Kenro im Schlepptau sicher zurückkehren sollten.

Die Nachricht von dem bevorstehenden Angriff auf das Gefängnis verbreitete sich in der ganzen Stadt. Jeder Kender, jeder Zwerg und jeder Gnom kannte den Plan, und alle bereiteten sich auf die Schlacht vor.

Die Drachenfürstin und ihre Soldaten hielten diese kleinen Rassen für dumm und einfältig und hegten folglich keinen Verdacht. Doch dem Tod ins Auge zu blicken war nicht dumm und einfältig. Und alle, die sich auf die Schlacht vorbereiteten, waren sich bewußt, daß sie vielleicht nie wieder die aufgehende Sonne erblicken würden.

Trotzdem war das Leben von Spinner Kenro dieses Risiko wert. Aber es war nicht nur Spinners Leben, um das sie kämpften. Es war der Funke in ihren Seelen, das Licht in ihrem Bewußtsein und die Fülle ihrer Phantasie, die sie zu ihrem Vorhaben in dieser denkwürdigen Nacht anspornten. Irgendwo brannte in jedem einzelnen eine Heldengeschichte darauf, erzählt zu werden, und sie spürten es, wußten es, glaubten es und waren willens, dafür zu sterben.

Während sich der Abend dahinschleppte, stolperten Hunderte von Gnomen durch die düsteren, vom Wind gepeitschten Straßen Treibguts und trugen Verbindungsstücke, lange Stangen und unzählige belaubte Baumzweige mit sich. Es waren die Grundelemente ihres mauernerklimmenden Gerätes, die sie an den Patrouillen der Drachenarmee vorbeitrugen. Die zuckten jedoch nur die Schultern über eine weitere Sonderlichkeit der Gnome.

Die Neuentwicklung von Barsch wurde hastig in einer großen, leeren Scheune direkt neben den hinteren Gefängnismauern zusammengesetzt. Fast tausend Gnome hatten sich dort eingefunden, um das mauernerklimmende Gerät fertigzustellen, und sie warteten gespannt darauf, es erproben zu können.

Die Erfindung, eine riesige, abgewinkelte Leiter, war so breit wie die gesamte, südliche Gefängnismauer. Zweihundertfünfzig Gnome konnten sie zur gleichen Zeit besteigen. Die oben an der Leiter befestigten Baumzweige dienten zur Tarnung für den Moment, wo sie sich der feindlichen Festung nähern wollten.

Kurz vor Morgengrauen kamen die Kender im Wirtshaus »Zur Prankenspur« zusammen. Zuerst füllten sie den Schankraum. Dann stieg ihre Menge derart an, daß sie in den hinteren

Garten ausweichen mußten. Glücklicherweise war der Garten von Bäumen und Büschen umgeben, so daß die kleine Kenderarmee den Soldaten der Drachenarmee, die die Straßen kontrollierten, verborgen blieb.

Quinbi Kull hatte seinen Kameraden strikte Anweisungen erteilt, sich völlig still zu verhalten. Sie wußten, daß sonst das Scheitern ihrer Mission und damit ihr Tod drohte. Und ein Scheitern bedeutete das Ende von Spinner Kenro. Trotzdem hörte Quinbi leise Überraschungsrufe, gefolgt von Gekicher, als sich die Kender ständig gegenseitig mit ihren Hupaks, Schwertern und Lanzen piekten und neugierig ausprobierten, ob die Waffen gut in Schuß waren.

Nicht weit vom Wirtshaus »Zur Prankenspur« sammelten sich die Zwerge in einer verborgenen Schlucht, die sich tief in einen Hang nahe des Gefängnisses schnitt. Viger Feuerbogen beklagte sich bitter über den kalten Wind – und das war nicht alles, worüber er verdrossen schimpfte. »Wieso sind wir überhaupt hier?« brummte er wütend. »Barsch und seine Gnome haben es schön warm in der Scheune, und Quinbi und seine Kender sind im Wirtshaus ›Zur Prankenspur‹ und trinken und machen sich eine schöne Zeit. Das ist nicht gerecht! Vielleicht sollten wir einfach nach Hause gehen, ein wenig schlafen und diesen ganzen Unsinn vergessen.«

Aber Viger verkündete diese Gedanken nicht laut. In dieser Nacht war er sehr stolz auf sein Volk. Und er war stolz auf sich selbst. Falls der Plan, Spinner Kenro zu befreien, scheitern sollte, dann würde es nicht an den Zwergen liegen; das schwor Viger.

Irgendwie schien es, als bewegten sich die Sterne am Himmel schneller als sonst. Bald würde es soweit sein.

Die Gnome sollten den Angriff beginnen. Aber weil die Idee von Quinbi Kull stammte, war dem Kender die Ehre zuteil geworden, das Signal zur Eröffnung der Schlacht zu geben…

Quinbi schaute im Wirtshaus »Zur Prankenspur« aus dem Fenster. Die ganze Nacht über hatte der Sturm gewütet, aber inzwischen hellte sich der Himmel auf. Jetzt oder nie mußten sie ihren Plan ausführen. Quinbi sah auf seine Kameraden und lächelte zufrieden. Wäre er ein Maler, dann würde er diese Szene im Wirtshaus jetzt in einem Gemälde festhalten, damit sie niemals vergessen würde. Vielleicht würde Spinner, wenn er ein freier Mann war, eine Geschichte über dieses glorreiche Abenteuer erzählen. Es fiel Quinbi ein, daß Spinner ihn sogar zum Helden in der Geschichte machen könnte. Wäre das nichts? dachte er. Aber dann lachte Quinbi in sich hinein. Wie sollte ein Kender ein Held sein? grinste er spöttisch mit einem Kopfschütteln. So etwas gab es nicht. Trotzdem hielt Quinbi Kull in seiner Phantasie an diesem Traum fest, den Spinners Geschichten wachgerufen hatten.

Mit diesen Gedanken, die ihm im Kopf kreisten, öffnete der Kender die Tür des Wirtshauses. Er nahm ein Horn aus Knochen aus dem Hosenbund und führte es an die Lippen.

Der schrille, durchdringende Ton von Quinbis Horn hallte durch die stille Stadt. Viger hörte ihn. Barsch hörte ihn. Und auch die Soldaten der Drachenarmee, die oben auf den Gefängnismauern standen, hörten ihn.

Die Soldaten der Drachenfürstin rieben sich den Schlaf aus den Augen und fragten sich, was dieser komische Ton wohl zu bedeuten hatte.

Es sollte nicht lange dauern, bis sie es herausfanden.

In der Dunkelheit hörten sie auf einmal Schreie und Rufe. Dann sah ein Wachmann im Schein der Fackeln an der Brustwehr, daß sich der Wald zuerst in eine Richtung bewegte, dann in eine andere und schließlich in eine dritte.

»Was ist denn das für ein Zauber?« schrie der Wachmann, während er auf den Wald starrte, der sich im Kreis bewegte.

Plötzlich stieß ein Gnom im vorderen Teil des Waldes den Kopf durch das Laub und schrie: »Es ist dieser Weg, ihr Idioten!«

»Wir können nicht sehen!« antworteten ihm viele Stimmen im Chor.

Eine ganze Gnomengruppe kam zum Vorschein und begann vor den Augen der erschreckten Wache der Drachenarmee die Zweige an dem mauernerklimmenden Gerät abzuschneiden. Aber selbst da hatte der Soldat der Drachenfürstin noch keine Ahnung, was die Gnome im Sinn hatten. Zumindest solange nicht, bis das Gestrüpp vollständig abgehackt war und die Gnome sich mit der massiven Leiter ihren Weg bahnten.

Als sie jedoch die Leiter an die Gefängnismauer stellten, ragte die oberste Sprosse weit über die Zinnen hinaus.

»Sie steht falsch herum!« schrie Barsch aufgebracht. »Stellt sie auf die andere Seite!«

Mittlerweile hatte die Wache um Hilfe geschrien. Als schließlich die Leiter richtig an den Zinnen aufgestellt war, eilten die Soldaten der Drachenfürstin bereits an die Hinterseite des Gefängnisses. Aber das mauernerklimmende Gerät war so schwer mit Gnomen beladen, daß der Feind die Leiter nicht von der Mauer wegstoßen konnte. Und kurz darauf kletterten die Gnome über die Brustwehr!

Der erste Gnom, der auf der Gefängnismauer stand, war Barsch. Ein hochgewachsener Soldat der Drachenarmee schlug mit einem schweren Breitschwert nach seinem Kopf. Barsch duckte sich unter der Klinge weg und warf sich vor die Füße des Soldaten. Als der Soldat zu einem Schlag auf seinen Rücken ausholen wollte, zerrte Barsch an seinen Beinen, während ein anderer Gnom mit einem Stock dem Feind einen Schlag in den Bauch versetzte. Der Soldat verlor das Gleichgewicht, fiel von der Zinne und landete mit einem schweren Aufschlag auf dem Gefängnisgelände.

Barsch konnte nicht fassen, daß er noch lebte.

Und nicht nur das – seine Gnome schwärmten auf der Brustwehr aus und überwältigten die wenigen Wache haltenden Soldaten der Drachenarmee.

»Auf zum Tor!« schrie Barsch und führte sein Volk an den Zinnen entlang zum vorderen Teil des Gefängnisses.

Gerade als sie sich ihren Weg zum Tor bahnten, rannten Gefängniswachen aus ihren Baracken, um die Eindringlinge zu bekämpfen. Falls die Gnome die Tore nicht schnell öffnen konnten, würden sie von den starken Soldaten der Drachenarmee vernichtet werden. Nur mit Verstärkung durch die Kender hatten sie eine Chance, gegen die feindlichen Soldaten der Drachenfürstin durchzuhalten.

Die Kender, von Quinbi Kull angespornt, hatten bereits mit ihrem Angriff begonnen. Das Wirtshaus »Zur Prankenspur« war nur ein kurzes Stück vom Gefängnis entfernt, und jetzt rasten die Kender wie ein wütender Wind auf das Tor zu.

Quinbi konnte sehen, wie sich die Schlacht auf der Brustwehr entwickelte. Die Gnome kämpften wild, um an das Flaschenzugsystem des Tores heranzukommen. Quinbi wußte, wenn sie versagten, würden er und seine Kenderarmee dem Tod in die Arme laufen.

Er sah Gnome sterben. Ein Soldat der Drachenarmee trieb einem von ihnen sein Schwert in die Brust. Ein anderer wurde über die Mauer geworfen. Und einem dritten wurde der Kopf mit einer Axt abgetrennt. Aber die Gnome kämpften weiter und drängten die Gefängniswachen heldenhaft und mutig vom Tor weg. Bis …

»Es wird geöffnet!« schrie Quinbi, gerade als er und seine Kenderarmee die Hoffnung aufgeben wollten. Ohne im Schritt einhalten zu müssen, zwängten sie sich unter das Metalltor, das hochgezogen wurde, und rannten geradewegs in eine geschlossene Schlachtreihe der Soldaten der Drachenarmee!

»Sollen wir etwa gegen *Kender* kämpfen?!« fragte ein Soldat voller Verachtung in der Stimme.

Quinbi hörte den Soldat und schrie voller Zorn zurück: »An diesem Tage wirst du nicht nur gegen Kender kämpfen, sondern obendrein auch durch unsere Hände sterben!« Der Soldat stieß die Spitze seines Schwertes auf Quinbis Kehle zu. Aber der Kender wich dem Schlag gewandt aus, machte einen Satz nach vorne und traf den Feind mit einem sauberen Dolchstoß ins Herz.

Unzählige Kender und Gnome hatten Quinbis kühne Erklärung und noch kühneren Kampf miterlebt. Als der Soldat tot umfiel, hob ein gewaltiger Jubel an. Denn Quinbi Kull hatte in diesem Augenblick mehr vollbracht, als einfach nur einen Feind zu töten. Er hatte gezeigt, daß die Kender eine Kraft waren, die man nicht außer acht lassen sollte. Er hatte seiner Rasse Ansehen und Würde zurückgegeben. Und er hatte bewiesen, daß ein Kender ein Held sein konnte!

Kurz nach Quinbis dramatischem Kampf vertrieben die Kender die gut bewaffneten und gut ausgebildeten Soldaten der Drachenarmee vom Tor und wollten die Kontrolle über das Gefängnisgelände erringen.

Doch die Soldaten der Drachenfürstin bildeten schnell eine neue Schlachtlinie. Ihre Bogenschützen schossen eine tödliche Salve nach der anderen in die Reihen der Kender. In ihrer Furchtlosigkeit ließen sich die Kender von den Pfeilen aber nicht aufhalten. Selbst mit blutigen Schäften in Bauch, in Schultern und Beinen – viele von ihnen starben im Stehen – griffen die Kendersoldaten die Linien der Drachenarmee ungestüm weiter an. Sie schlugen mit einfachen Schwertern und Messern nach den Soldaten, bis der Feind schließlich in die Flucht geschlagen war.

Auf einmal strömte eine schockierend kleine Zahl von Zwergen, angeführt von Viger Feuerbogen, durch das offene Tor.

»Wo ist der Rest deines Volkes?« wollte Barsch wissen.

»Du hast versprochen, eine ganze Armee Zwerge mitzubringen«, echote Quinbi. »Ihr seid ja nicht einmal hundert Leute. Was ist denn los?«

Viger holte tief Luft und teilte ihnen die schlechten Nachrichten mit.

»Soldaten der Drachenarmee sind auf dem Weg hierher«, berichtete er. »Wir sahen sie von der Schlucht. Es müssen mindestens zweitausend sein, die durch die Stadt marschieren. Wir alle wären im Gefängnis eingeschlossen gewesen, wenn sie vor Spinners Befreiung hier angekommen wären. Darum habe ich dem Großteil meines Volkes befohlen, den Soldaten in der Straße gegenüberzutreten und dort gegen sie zu kämpfen. Es war die einzige Möglichkeit, um Zeit herauszuschinden.«

Barsch und Quinbi erbleichten. Eine bunt zusammengewürfelte Zwergengruppe hatten gegen zweitausend erstklassige Soldaten der Drachenarmee keine Chance. Vigers Leute würden niedergemetzelt werden. Sie mußten ihr Schicksal gekannt haben, und dennoch waren sie bereit, ihr Leben für Geschichten zu opfern, die sie niemals hören würden. Wahrhaftig, dachte Quinbi, das ist das Zeug, aus dem Legenden gemacht werden. Er legte eine Hand auf Vigers Schulter und sagte: »Wäre ich ein Zwerg, würde ich auf diesen Tag stolz sein. Aber andererseits«, fügte er nach einigem Überlegen hinzu, »bin ich kein Zwerg.«

Viger sah den Kender an und fragte sich, was Quinbi gemeint haben könnte.

»Egal, was passiert«, fuhr Quinbi fort und ignorierte dabei Vigers fragenden Blick, »dein Volk gehört in Spinners Geschichten. Nicht in alle seine Geschichten«, setzte er eilig hinzu, »aber wenigstens in eine.«

Viger gab es auf, den Kender verstehen zu wollen, und sagte lediglich: »Spinner könnte sich eine schöne, wenn auch tragische Geschichte über die Schlacht in der Stadt ausdenken. Laßt uns also sicherstellen, daß er lebt, um sie erzählen zu können. Mit meiner restlichen Streitmacht werde ich mich zum Gefängnis durchschlagen und solange suchen, bis wir unseren Geschichtenerzähler gefunden haben.«

»Aber ihr seid nicht genügend Männer«, gab Quinbi zu bedenken. »Ihr werdet Hilfe brauchen. Ich werde dich mit einigen Kendern begleiten.«

»Und ich gehe auch mit«, bot sich Barsch an. »Ich bringe eine kleine Gnomengruppe mit.«

Viger konnte das Angebot nicht abschlagen. Er wußte, daß sie recht hatten. Es ließ sich nicht sagen, wie viele Soldaten der Drachenarmee im Zellenlabyrinth des Gefängnisses auf sie warteten.

»Dann kommt«, stimmte er zu. »Spinner macht sich sicherlich schon Gedanken, was das für ein Lärm ist.«

Ich fragte tatsächlich bereits, was das für ein Lärm sein konnte. Die Nacht war fast verstrichen. Ich hatte mich mit meinem Schicksal abgefunden und wartete auf die Morgendämmerung. Mein Zellengenosse, Davin, hatte mir die ganze Nacht zugehört, aber selbst kein einziges Wort gesagt.

Dann hörte ich Rufe und Schreie, die in den schmutzigen Kerker drangen, in dem ich bis zu meinem Tode schmachten sollte.

»Was ist denn los?« rief ich einer Wache zu, die an der Zelle vorbeieilte.

Er beachtete mich jedoch nicht.

»Was meinst du, was da los ist?« fragte ich Davin. Er schüttelte nur den Kopf.

Der Lärm wurde lauter. Es klang nach einer Schlacht. Stahl prallte gegen Stahl, Schmerzensrufe ertönten, der Steinboden hallte von Stiefeln wider, und jemand rief… *meinen Namen!*

»Hier!« schrie ich. »Hier bin ich! Hier entlang!«

Ich wollte meinen Ohren nicht trauen. Aber ja, das war die Stimme von Quinbi Kull, der mich rief! Dann hörte ich Viger Feuerbogen. Mir wurde schwindelig, als dann auch noch der kluge Gnom Barsch seine Anwesenheit bekanntgab.

»Das ist unmöglich!« rief ich aus. Und dann wandte ich mich an Davin. »Hörst du sie auch, oder habe ich den Verstand verloren? Sind meine Freunde wirklich hier, um mich zu retten?«

Mein Zellengenosse wollte mir gerade antworten, doch statt dessen schrie er: »Paß auf!«

Zu spät. Eine Gefängniswache war plötzlich an meiner Zelle erschienen und packte mich durch die Stangen. »Du wirst sterben, bevor sie dich befreien können«, schwor er. Und dann hob er seinen Dolch und stieß ihn nach meiner Brust.

Davin reagierte schneller als ich. Er sprang nach vorne und packte die Wache am Handgelenk. Er verdrehte den Arm des Mannes zwischen den Eisenstangen, bis es hörbar knackte. Die Wache schrie auf, und das Messer fiel klappernd auf den Boden. Als Quinbi, Viger und Barsch an der Spitze des Trupps ihrer Leute vor meiner Zelle auftauchten, lief er entsetzt davon.

»Schlüssel!« frohlockte Barsch und schwenkte sie glücklich in der Luft.

»Wir haben sie einem Offizier am Treppenabsatz abgenommen«, erklärte Viger. »Du wirst gleich frei sein.«

»Wir freuen uns, dich zu sehen«, begrüßte mich Quinbi, während ich mit Freudentränen in den Augen von der Tür zurückwich.

»*Ihr* freut euch, mich zu sehen?« schrie ich ungläubig. »Aber es ist doch genau umgekehrt!«

Die Zellentür flog auf.

»Komm mit uns«, sagte Quinbi. »Wir sind gekommen, um dich zu retten. Jetzt können deine Geschichten für alle Ewigkeiten leben!«

Spinner Kenro beendete seine eigene, lange Geschichte mit einer schwungvollen Gebärde, während seine Stimme auf dramatische Weise anschwoll. Seine zeitliche Berechnung war fehlerlos gewesen. Kaum war er fertig, schloß eine Gefängniswache die Zellentür auf.

»Es ist Morgengrauen«, teilte der Bote der Drachenfürstin mit.

Spinner holte tief Atem und erhob sich. »Manchmal«, sagte er leise, »glaube ich fast an meine eigenen Geschichten. Ein Teil von mir hat wirklich geglaubt, meine Freunde würden kommen und mich befreien. Hältst du mich für einen Narren, Davin?«

Ich konnte nicht antworten. Ich weinte.

Spinner hatte nicht geschlafen. Er hatte an eine Wand gelehnt gesessen und sich in den letzten Stunden seines Lebens seine letzte Geschichte ausgedacht. Und ich war sein einziger Zuhörer gewesen.

Bei Tagesanbruch hängten sie Spinner auf.

Spinner starb vor vielen, vielen Jahren, aber die Erinnerung an ihn lebt weiter. Denn in jener Nacht im Gefängnis hatte er das Fenster meiner Seele geöffnet. Und obgleich seine Stimme verstummt war, war seine Gabe irgendwie an mich weitergereicht worden. Während der ganzen Jahre, in denen ich kreuz und quer durch Krynn gewandert bin, habe ich viele Geschichten erzählt. Aber niemals habe ich diese großartige, letzte Geschichte ausgelassen, und ich habe sie genauso erzählt, wie Spinner sie mir in jener Nacht im Gefängnis erzählt hatte.

O ich weiß, was wirklich passiert ist. Quinbi, Viger und Barsch hatten tatsächlich überlegt, Spinner zu befreien. Aber sobald sie ihre Pläne geschmiedet hatten, vergaß Quinbi sie völlig – er blieb seiner Kenderseele treu: aus den Augen, aus dem Sinn. Viger, stets voller Mißtrauen gegen Menschen, entschied sich nach reiflicher Überlegung gegen das ganze Unternehmen.

In der Zwischenzeit hatten sich Barsch und seine Gnome trotz allem an die Arbeit gemacht, ein riesiges, mauernerklimmendes Gerät zu bauen. Das Problem war nur, daß die Leiter zu groß wurde und die Gnome sie nicht aus dem Gebäude herausbekamen, in dem sie aufgebaut worden war. Dort befindet sie sich auch heute noch.

Nun könntet ihr einwenden, daß die Wahrheit keine gute Geschichte abgibt. Aber das ist nicht der Punkt. Es gibt eine höhere Wahrheit als die reinen Tatsachen. Und diese Wahrheit enthüllt sich jedes Mal, wenn ich Spinners Geschichte erzähle. Denn im Laufe der Jahre wuchs bei den Kendern, Zwergen und Gnomen von Treibgut die *Überzeugung,* daß sie Spinner das Leben gerettet hätten. Sie waren allmählich davon überzeugt, daß sie sich in jener kalten, vom Wind gepeitschten Nacht verbündet hatten, um Geschichte zu machen, Bedeutung zu erlangen und Helden zu werden. Wenn sie es aber einmal geschafft hatten, warum sollte es ihnen dann nicht wieder gelingen?

Der Hund von Wayreth

Danny Peary
Gedicht von Suzanne Rafer

Die Nachricht, daß Tolpan Barfuß in Spritzstrauch eingetroffen sei, verbreitete sich wie ein Lauffeuer. »Ich bin nur auf der Durchreise«, teilte er den Dorfbewohnern mit, die zu ihren Häusern hasteten, um ihre Wertsachen einzuschließen. »Aber falls jemand ein paar Geschichten hören will, könnte ich auch ein wenig länger bleiben.« Natürlich wußte jeder, daß der Kender nirgendwohin gehen würde, solange er Zuhörer für seine unwahrscheinlichen Geschichten fand. Das war auch der Grund, warum die Männer und Frauen in Spritzstrauch beunruhigt waren. Während sie nämlich auf ihr Hab und Gut achtgaben, damit es nicht in den Beuteln des Kenders verschwand, würden ihre Kinder aus den Türen schleichen und aus den Fenstern schlüpfen, um den berühmten Gast zu sehen.

Als die Jungen und Mädchen über die Wiese zum Prinsee am Rande des Waldes liefen, blickten sie nervös über die Schulter und hofften, daß ihre Abwesenheit erst entdeckt werden würde, *nachdem* Tolpan einige Abenteuergeschichten erzählt hatte. Die meisten hatten ihren Eltern versprochen, niemals wieder seinen Geschichten zuzuhören, da während seines letzten Besuches selbst die mutigsten Jungen von Alpträumen geplagt worden waren. Aber sie waren der fröhlichen Geschichtchen überdrüssig, die ihre Mütter und Großmütter ihnen erzählten. Weil Kender sich vor nichts fürchteten, dachte Tolpan sich nichts dabei, den Kindern von blutigen Schlachten in den vom Krieg verwüsteten Gebieten Krynns, von bösartigen Drachen, Hobgoblin und schwarzgekleideten Zauberkundigen zu erzählen. Den Kindern waren diese Geschichten das Risiko wert, einmal kein Abendessen zu bekommen.

Die Kinder versammelten sich am Prinsee, ließen sich auf dem Boden nieder und bildeten einen engen Kreis um Tolpan. Der älteste Junge hockte sich direkt vor seine kleinen, zappelnden Füße. Tolpan thronte wie ein König auf einem Holzschemel unter einem riesigen Vallenholzbaum, damit ihn jeder sehen konnte. Er schlug auf seinen Hupak und lächelte entzückt über eine dermaßen große Zuhörerschaft. Wenn Flint ihn doch nur sehen könnte!

Während alle ungeduldig warteten, nahm Tolpan eine sorgfältig geschnitzte Flöte aus einem Beutel, den er um den Hals trug. Als er gerade das Instrument an die Lippen führen wollte, wurde er von einem Jungen namens Jespato unterbrochen.

»Meine Güte, die sieht ja aus wie die Flöte meines Vaters!« rief der Junge, ohne Argwohn zu hegen.

»Die Flöte deines Vaters?« fragte Tolpan unschuldig nach.

»Wir vermissen sie seit deinem letzten Besuch in Spritzstrauch!«

Das kindliche Gesicht des Kenders lief rot an. Er betrachtete das Instrument genauer. »Großer Onkel Fallenspringer! Das ist die Flöte deines Vaters! Gutes Auge, mein Junge! Jetzt erinnere ich mich: Ich habe sie in sichere Verwahrung genommen. Sie ragte aus ihrem Beutel hervor, so daß jeder Dieb sie hätte stehlen können.«

»Der Beutel verschwand zur gleichen Zeit wie die Flöte«, sagte der Junge. »Er war *gelb,* so wie der Beutel, den du um den Hals trägst!«

Tolpan lächelte verlegen. »Natürlich ist *dieser* Beutel älter und abgenutzter als der von deinem Vater«, erklärte er, unterließ es aber, Jespato daran zu erinnern, daß seit seinem letzten Aufenthalt in Spritzstrauch ziemlich viel Zeit verstrichen war. »Aber gib ihm bitte *meinen* Beutel, um seinen fehlenden zu ersetzen.« Daraufhin zog Tolpan den Gurt über den Kopf und reichte dem Jungen den Beutel mit der Flöte. Er zwang sich zu einem breiten Lächeln.

Jespato betrachtete Tolpan mit großem Respekt. »Mein Vater wird sicherlich seine Meinung über dich ändern, wenn ich ihm dein Geschenk gebe. Stell dir bloß vor: Er hält dich für einen Typ, der den Kindern die Bonbons klaut!«

Das Gesicht des Kenders lief noch röter an. »Ich habe sie nur ausgeliehen«, rechtfertigte er sich in tiefer Verlegenheit, während er in einen roten Beutel griff und ein Dutzend bunter Bonbons hervorkramte. Die Kinder um ihn herum überprüften ihre Taschen und mußten erstaunt feststellen, daß sie leer waren. Tolpan gab traurig die leckeren Süßigkeiten zurück und erklärte mit leiser Stimme: »Ich will niemandem den Appetit verderben.«

Tolpan hätte gerne auf der hübschen Flöte gespielt. Doch bald besserte sich seine Laune wieder, denn die Kinder teilten bereitwillig ihre Bonbons mit ihm und starrten ihn mit gespanntem Gesichtsausdruck in freudiger Vorerwartung auf seine Geschichte an.

»Erzählst du uns wieder eine faustdicke Lüge?« fragte ein kleiner Junge mit lockigen Haaren, der zu seiner Linken saß.

»Ich... ich erzähle niemals faustdicke Lügen!« wies Tolpan ihn ein wenig beleidigt zurecht.

Alle seufzten. Sie wußten es besser.

Ein kleines, sommersprossiges Mädchen erhob sich und fragte höflich: »Wovon handelt Ihre erste Geschichte, Sir?«

In den großen, braunen Augen des Kenders blitzte der Schalk

auf. »Rache!« brüllte er in solcher Lautstärke, daß das erschreckte kleine Mädchen zurückplumpste.

Alle anderen rutschten nach vorne.

»Rache! Ich will Rache!« Gorats Stimme dröhnte so laut durch die kleine Hütte, daß alle Töpfe und Pfannen rasselten und die wackeligen Möbel knarrten. Seine zornigen, blutunterlaufenen Augen vergrößerten sich auf das Doppelte, und die Adern an seinen Schläfen platzten fast. »Rache, ich will...«

Dieses Mal wurden seine Worte mit einem großen Holzlöffel erstickt, der ihm in den offenen Mund gestopft wurde. Der Löffel war mit einem ekelhaften, halbgaren Schneckeneintopf beladen. Ein Rinnsal der dampfenden, stinkenden Soße tröpfelte ihm über das Kinn und durchtränkte den langen, schwarzen Bart. Gorat stöhnte auf.

»Oh, das tut mir aber leid, Liebling«, sagte Zorna. Mit ihren langen, knochigen Fingern gelang es ihr, den größten Teil des Eintopfs in Gorats Mund zu befördern. Der große Mann würgte fast. »Na, komm«, fuhr die kleine, alte Frau fort, deren Zähne bei jedem Wort klapperten. »Du willst doch keinen Tropfen verlieren, oder, Liebling?« Ihre schrille, blecherne Stimme klang verärgert, aber es bestand kein Zweifel, daß sie auch voller Liebe war. Sie wischte sich die runzeligen Hände an ihrer schmuddeligen, schwarzen Kleidung ab. »Nach allem, was du durchgemacht hast, Liebling, ist eine gute Mahlzeit das einzig richtige für dich.«

»Hör auf, mich *Liebling* zu nennen, du alte Hexe!« knurrte Gorat und spuckte den Eintopf durch das Zimmer. »Du kennst mich nicht einmal!«

»Aber ich liebe dich doch!« protestierte Zorna sanft. Offensichtlich fühlte sie sich in ihren Empfindungen gekränkt. »Und ich werde bis an dein Lebensende für dich kochen, saubermachen und dich pflegen.« Sie wischte eine Träne fort, putzte sich

die triefende Nase und lächelte liebevoll. »Wir werden zusammen eine glückliche Zeit haben.«

Dieser Gedanke machte Gorat angst. Er versuchte aufzustehen, aber er konnte sich nicht von der Stelle rühren. Lediglich den Kopf konnte er bewegen. Das war auch der Grund, warum er sich nicht wehren konnte, als Zorna ihm wieder den Schnekkeneintopf in den Mund stopfte.

Gorat konnte sein Pech nicht fassen. In der Drachenarmee war er der am meisten dekorierte und am meisten gefürchtete menschliche Offizier gewesen. In den Feldzügen gegen die Que-Shu hatte kein anderer mehr Dörfer zerstört, mehr Feinde niedergemetzelt und mehr Frauen und Kinder versklavt als Gorat, der Mächtige! Aus reinem Vergnügen hatte er das Rückgrat von Männern mit bloßen Händen gebrochen und sich in seinem Zelt wunderschöne, weibliche Gefangene gehalten und sie gezwungen, alles zu tun, was er wollte. Und jetzt war er plötzlich vom Hals bis zu den Zehen gelähmt und der Gefangene einer alten Frau, die ihn in ihrer düsteren, fensterlosen Hütte im Wald von Wayreth auf einem Stuhl festgeschnallt hatte. Was für eine Demütigung!

Er dachte wieder daran, wie sein Unglück begonnen hatte.

War es gestern morgen oder am frühen Nachmittag gewesen, als er aus sinnloser Betrunkenheit erwacht war und feststellen mußte, daß Wiesengrün aus seinem Zelt geflohen war? Über ihre schamlose Tat war er derart niedergeschmettert, daß er anfangs nur »Rache! Ich will Rache!« schreien konnte.

Es war kein Wunder, daß ihre Flucht ihn so mitnahm. Mit ihren langen, fließenden, schwarzen Haaren, den bezaubernden, grünen Augen, der schlanken Figur und den zarten Gesichtszügen war Wiesengrün die schönste Frau, die er je bei einem Überfall auf den Que-Shu-Stamm entführt hatte. Darüber hinaus hatte sie bereits länger gelebt als jede andere Frau, die er gefangengenommen hatte, obwohl er sie unaufhörlich arbeiten ließ und gnadenlos verprügelte.

Nach Gorats krankhaftem Denken hatte ihn Wiesengrün dadurch, daß sie weggelaufen war, verraten und verdiente eine harte Strafe. Niemals vergab Gorat jemandem, wenn er überzeugt war, daß er sich gegen ihn gewandt hatte. In der Vergangenheit hatte er allen Rache geschworen: Soldaten der Drachenarmee, die er verdächtigte, hinter seinem Rücken zu meutern, Freunden, die er des Versuchs verdächtigte, ihm seine Frauen zu stehlen, und sogar seinen Brüdern, die er verdächtigte, seinen Tod zu planen, um an seinen Reichtum heranzukommen. Jetzt lagen alle diese Männer im Grab. Und zu guter Letzt war Gorats einziger Gefährte diese Frau gewesen, die er gefangenhielt. Wie konnte Wiesengrün es wagen, davonzulaufen und ihn ganz alleine zu lassen!

Er zog den dicken Bauch ein und kniete sich mit pochendem Kopf nieder, um die schwere Kette zu untersuchen, mit der Wiesengrün selbst im Schlaf an einen Eisenpfahl gefesselt war. Die Kelle war von einer scharfen Waffe durchschnitten worden, wahrscheinlich von einem Schwert. Wiesengrün hatte also einen Komplizen! Noch eine Person, die ihn verraten hatte!

Gorat ging davon aus, daß der Verbrecher Sternenglut gewesen sein mußte, jener Angehörige ihres Stammes, nach dem Wiesengrün während ihrer qualvollen Gefangenschaft geschmachtet hatte. Gorat lächelte verschlagen. Es würde ihm eine große Freude bereiten, Sternenglut im Beisein von Wiesengrün zu töten. Er steckte sein Schwert ein. »Rache! Ich will Rache!« brüllte er, während er aus dem Zelt stürmte.

Die Spur der Liebenden führte Richtung Norden, nach Solace. Es war einfach, ihr zu folgen, denn sie waren zu Fuß unterwegs und hatten keine Zeit, Täuschungsmanöver durchzuführen. Ohne eine Rast einzulegen oder sein Pferd zu tränken, ritt Gorat in vollem Galopp über steinige Straßen, tückische Bergpfade und überwachsene Wege, wo sich scharfe Dornen in das Fleisch seines Pferdes bohrten. Das arme Tier brach schließlich unter Gorats Gewicht zusammen, als es nicht mehr fähig war, die mörderische Reise oder die Peitsche seines Herrn weiter zu ertragen. Gorat fluchte und verdammte das Tier, aber statt es von seinem Elend zu erlösen, ließ er es zum Sterben in der Wildnis zurück.

Er setzte seine Suche zu Fuß fort, und die Niedertracht in seinen Gedanken wuchs mit jedem Schritt. Er dachte daran, wie sehr er es genießen würde, Sternenglut mit seinen kräftigen Händen zu erwürgen oder das Herz seines Feindes zu durchbohren. Und Wiesengrün würde nur hilflos schreien können. Vielleicht würde er sie auch erstechen oder sie dazu bringen, auf die Knie zu fallen und ihn anzuflehen, wieder seine Sklavin sein zu dürfen. Wie würde er sie leiden lassen! Gorat schrie wieder: »Rache! Ich will Rache!«

Als die Sonne im Westen langsam unterging, stellte Gorat fest, daß Wiesengrün und Sternenglut die Richtung geändert hatten und gen Osten gezogen waren und folglich Solace und vielbefahrene Straßen auf dem Weg zurück zu ihrem Dorf vermieden hatten. Gorat folgte blind ihrer Spur, obwohl er durch unbekanntes Gebiet wandern mußte. Er gehörte nicht zu denen, die sich über mögliche Folgen aus impulsiven Handlungen Gedanken machen, insbesondere jetzt nicht, wo er Rachegedanken hegte, die wild in seinem verwirrten Schädel kreisten.

Schon bald stand der mächtige Krieger vor dem Wald von Wayreth.

Gorat hatte auf ganz Krynn schauerliche Legenden über Wayreth gehört und darüber, wie der Wald häufig jenen Menschen Streiche spielte, die es wagten, ihn zu durchqueren. »Sie glauben, ich hätte zuviel Angst, um ihnen zu folgen«, sagte Gorat und versuchte zu lachen. »Aber Gorat fürchtet sich vor nichts!« Trotzdem spähte er erst zwischen den Bäumen am

Rande des seltsamen Waldes hindurch, bevor er den nächsten Schritt machte. Er war erleichtert, daß es im Innern des Waldes friedlich, ja sogar einladend aussah.

Plötzlich flatterte ein Dutzend dunkelfarbiger Vögel von dem nächstgelegenen Baum herab. Sie kreisten über ihm und machten sich in einem Lied über ihn lustig:

Ist das der mächtige Gorat, der wie ein Kind jetzt schwankt
Am Rande von Wayreth, zu ängstlich, noch einen Schritt weiterzugehn,
Geschmälert, verzaubert, betrogen?

Du hast getötet mit roher Gewalt, getrauert hast du noch nie,
Dennoch ist dein Geist nicht so stark,
Und täuschen läßt es sich leicht.

Wayreth zu betreten hast du gewagt, doch kennst du nicht Weg noch Pfad,
Und schreist nach Rache und denkst, sie sei süß...
Doch, Gorat, kehr lieber um!

Der Krieger riß nervös sein Schwert aus der Scheide und schlug damit wild in die Luft. »Verschwindet, ihr blöden Vögel!« herrschte er sie mit bebender Stimme an. »Wißt ihr nicht, daß sich Gorat vor nichts fürchtet?«

Gorat fand es höchst seltsam, daß sich die Vögel anscheinend in Luft auflösten. Er überlegte, umzukehren und den Weg nach Hause zu suchen, aber dann fiel ihm wieder ein, warum er so weit gegangen war: »Rache! Ich will Rache!« Augenblicklich vergaß er die Vögel, stapfte in den Wald und hackte wütend mit dem Schwert alle Zweige ab, die ihm den Weg versperrten. Er wandte sich um und schaute zurück. Ihm fiel auf, daß außerhalb des Waldes die Nacht hereingebrochen war, während es im

Wald selbst hell war. Aber auch dadurch kam er nicht zu Verstand, sondern zuckte die Achseln und marschierte weiter. Es genügte ihm völlig, daß er die Spur von Wiesengrün und Sternenglut deutlich sehen konnte.

Tiefer im Wald gabelte sich der Pfad. Gorat hielt an und untersuchte beide Richtungen. Auf dem linken Weg sah er frische Spuren. Er rieb sich die verschwitzten Hände und leckte sich die Lippen. »Es wird nicht mehr lange dauern«, sagte er. Er bog in den linken Pfad ein. Doch plötzlich kam ein starker Wind auf, warf ihn aus dem Gleichgewicht und schubste ihn in die andere Richtung.

Er festigte den Griff um sein Schwert und sah sich argwöhnisch um. Alles schien ruhig. Versuchte der Wald etwa, ihm einen Streich zu spielen?

Nachdem er sich in alle Richtungen umgeschaut hatte, ging Gorat wieder verstohlen auf den linken Pfad zu. Aber es sollte ihm auch diesmal nicht gelingen. Ein zweiter, noch stärkerer Windstoß hob den kräftigen Mann fast vom Boden auf. Bevor Gorat wußte, wie ihm geschah, wurde er mit großer Geschwindigkeit zu dem rechten Weg getrieben. Mit seinen Beinen, die so dick wie Baumstämme waren und aneinander rieben, wann immer er sich bewegte, war es für ihn schwierig, das Gleichgewicht zu halten. Jedes Mal aber, wenn er hinfiel, fegte der Wind über ihn hinweg und zwang ihn weiter.

Der Wind legte sich dann so schnell wieder, wie er aufgekommen war, und ließ Gorat auf den Boden ausgestreckt mit ineinander verknoteten Stiefeln zurück. Der benommene Krieger spuckte Sand aus und bemühte sich, den Atem anzuhalten. Dann erhob er sich langsam und schaute sich mit trüben Augen um.

Vor ihm stand eine kleine, windschiefe, schwarze Hütte. Sie hatte keine Fenster, sondern lediglich eine kaputte Tür. Ein Gehweg aus zerbrochenen Steinen führte von dem Pfad zur

Tür. Auf der linken Seite der Hütte wucherte hohes Unkraut, und auf der rechten war ein Garten mit seltsamen Gemüsesorten mit langen Ranken angelegt. Gorat glaubte zuerst, daß die Hütte verlassen wäre, bis er bemerkte, daß sich dünner, schwarzer Rauch aus einem krummen Schornstein auf dem baufälligen Dach kräuselte. Plötzlich wehte er in seine Richtung. Von dem ekelerregenden Gestank wurde Gorat übel. Er hätte schwören können, daß jemand einen Eintopf kochte, der aus verdorbenem Fleisch und schimmelndem Gemüse bestand.

Gorat brüstete sich gerne mit seinem Mut, aber sein Instinkt drängte ihn, von diesem Ort sofort zu verschwinden. Ohne zu wissen warum, ging Gorat energisch an dem Haus vorbei und weiter den Pfad entlang. Aber er kam nicht weit. Eine heftige Windbö ergriff ihn, wirbelte ihn herum, schleuderte ihn durch die Luft auf das Haus zu und ließ ihn vor der Tür mit einem lauten Krachen herabstürzen.

Und wieder legte sich der Wind so plötzlich, wie er gekommen war. Der große Mann erhob sich schwankend und rieb sich seinen Stiernacken und den linken Arm, den er sich verletzt hatte. Er war nur einige Meter von der Tür entfernt. Er wollte zurückweichen, aber es war zu spät. Knarrend öffnete sich die Tür.

Eine alte Frau spähte heraus. Gorat hatte noch nie einen häßlicheren Menschen gesehen. Ihr Gesicht war scharfgeschnitten, spitze Knochen zeichneten sich unter der Haut ab, ihre Nase war spitz wie eine Nadel, und auch die winzigen Ohren liefen spitz zu. Ihr wirres Haar war weiß, die dicken Augenbrauen jedoch schwarz. Ihre Augen waren blaßgelb, ihre dünnen Lippen farblos, und ihre Gesichtsfarbe ähnelte dem Weiß eines Fischbauchs. Gorat hätte ein ganzes Leben gebraucht, um die tiefen Runzeln in ihrem Gesicht zu zählen.

Die kleine Frau musterte den großen Mann von Kopf bis Fuß. Dabei wackelte sie mit der Nase, als ob sie seinen Geruch aufnehmen wollte. Dann wich ihr finsterer Blick einem Lächeln. Ihr Herz, das sich vor langer, langer Zeit mit ewiger Einsamkeit abgefunden hatte, begann wild zu pochen. Ihre Brust hob und senkte sich. Ihre Augen hingen hungrig an dem Fremden. Frauen empfanden sonst immer Abscheu vor Gorats Erscheinung, aber bei dieser weckte er Erregung. Schließlich sprach sie ihn an.

»Du siehst gut aus, ich muß dich behalten«, bekannte sie schamlos. Als Gorat zurückwich, trat sie aus dem Schatten zu ihm heraus. Erst jetzt sah Gorat, wie sie gekleidet war.

»Ah, ich ... ich verstehe, du bist eine schwarzgekleidete Zauberkundige«, stellte er mit Erleichterung fest. »Dann dienen wir ja beide der Königin der Finsternis.«

Bei Gorats Bemerkung blieb die alte Frau abrupt stehen. »Du irrst dich, mein Liebling«, widersprach sie sanft, wobei ihre Zähne unangenehm klapperten. »Ich bin einfach nur Zorna, eine arme, vergessene, alte Frau. Diese Robe hat eine Zauberin bei der Durchreise hier im Wald zurückgelassen. Ich nahm sie an mich, weil ich nichts anderes zum Anziehen hatte.«

»Du kannst also nicht zaubern?« fragte Gorat skeptisch.

»Ich schwöre, ich bin keine Zauberin. Aber ich habe andere Talente, mein Liebling. Ich kann den besten Schneckeneintopf kochen, den du jemals gegessen hast. Möchtest du nicht mein Gast sein?«

Gorat wußte nicht, was er von dieser sonderbaren Frau halten sollte. Er wollte sich über ihre Einladung lustig machen, ihr sein Schwert durch den Körper stoßen und ihre Hütte nach Wertsachen durchwühlen. Aber er hielt sich zurück, weil er nicht ganz überzeugt war, daß sie nicht vielleicht doch eine schwarzgekleidete Zauberkundige war. »Ich kann meine Zeit nicht bei dir vergeuden«, gab er ihr kühl zurück. »Ich muß jetzt die Frau finden, die mich verraten hat, und dann werde ich den Schuft umbringen, der sie mir gestohlen hat.«

»Vergiß diese Frau!« kreischte Zorna. »Sie liebt dich nicht. *Ich* liebe dich. Und ich werde bis zu deinem Lebensende für dich kochen, saubermachen und dich pflegen... *wenn* du mich nur machen ließest... Liebling.«

»Es reicht, du bekloppptes, altes Weib«, keifte Gorat, dem bei ihren Worten einfiel, wie erfolglos er versucht hatte, Wiesengrün dazu zu zwingen, ihm dasselbe zu sagen. »Nur eine Sache ist wichtig: Rache! Ich will Rache!«

Bevor Zorna protestieren konnte, drehte sich Gorat auf dem Absatz um und ging den Pfad hinunter, der ihn in ihr einsames Leben geführt hatte. Er spürte ihre traurigen Augen in seinem Rücken und hörte ihr mitleiderregendes, qualvolles Gejammer, das das Blut zum Erstarren brachte. Aber er lachte nur.

Gorat kehrte zu der Stelle zurück, wo sich der Pfad gabelte. Dieses Mal wurde er nicht von geheimnisvollen Windstößen daran gehindert, selbst die Richtung zu wählen, die er einschlagen wollte. Er folgte also dem linken Pfad, den Wiesengrün und Sternenglut genommen hatten.

Voller Vorfreude auf das Töten beschleunigte er seinen Schritt. Bald erreichte er eine große Lichtung. Dort konnte er Wiesengrün und Sternenglut erkennen, die neben einem umgestürzten Vallenholzbaum ungefähr zehn Meter von einer tiefen Schlucht entfernt standen. Die schöne junge Frau und der gutaussehende junge Mann hatten sich umarmt.

Mit gezogenem Schwert drang Gorat aus den Büschen auf das Liebespaar ein. »Gorat!« schrie Wiesengrün entsetzt auf. »Er hat uns gefunden!«

Sternenglut sah zu seinem Schwert hinüber, das am anderen Ende des umgestürzten Baumes auf dem Boden lag. Er stürmte darauf zu, war aber nicht schnell genug. Als seine rechte Hand den Knauf berührte, schlitzte Gorat ihm mit dem Schwert das Handgelenk auf. Das Blut schoß hervor, und der junge Krieger zog vor Schmerzen eine Grimasse. Wiesengrün schrie auf und lief auf ihren verwundeten Geliebten zu. »Wiesengrün!« rief Sternenglut. »Bleib zurück!«

Sternengluts Qual war groß, aber sein Wunsch, Wiesengrün zu beschützen, war noch größer. Also griff er wieder nach seinem Schwert. Gerade als er es hochhob, trat Gorat mit seinem schweren Stiefel gegen seine Hand. Das Schwert flog aus Sternengluts schwachem Griff und landete vor Wiesengrüns Füßen. Ohne zu zögern, hob sie die Waffe auf und eilte an Sternengluts Seite. Überrascht wich Gorat einige Meter zurück, um über die Situation nachzudenken. Er hatte auf keinen Fall erwartet, daß Wiesengrün Widerstand leisten würde.

Sternenglut griff nach dem Schwert, aber Wiesengrün hielt es fest. »Nein!« sagte sie entschlossen. »Du bist verletzt.« Als er Einspruch erheben wollte, erklärte sie ruhig und gelassen: »Ich bin zwar eine Frau und deine Geliebte, Sternenglut. Aber vergiß nicht, daß ich auch ein Krieger bin, genau wie du.«

Sternenglut nickte und lächelte leicht. Er küßte sie auf die zitternden Lippen und legte sanft eine Hand auf ihre Schulter. Gemeinsam erwarteten sie mutig Gorats Angriff. Sie wollten dem Tod Widerstand leisten, obwohl sie wußten, daß sie kaum eine Chance hatten, sich gegen den mächtigen Gorat zu verteidigen.

»Wir sind bereit«, verkündete Wiesengrün kühn. Als sie Gorat ansah, zeigte sich in ihren wunderschönen, grünen Augen eindeutig Abscheu. Sie hatte seine grausame Behandlung zu lange ertragen müssen. Lieber wollte sie hier mit ihrem geliebten Sternenglut Seite an Seite sterben als in Gorats Zelt zurückkehren. Nie wieder wollte sie ihm als Sklavin dienen und in seinen schmutzigen Armen liegen müssen.

Gorats Blick verriet Verdrossenheit und Niedertracht. Er lachte grausam auf: »Ihr wollt also zusammen sterben. Wie rührend! Ich werde euch diesen Wunsch erfüllen, sofern du als erster stirbst, Sternenglut. Dann kann Wiesengrün zusehen, wie das Blut aus deinem Körper strömt. Rache! Ich will Rache!«

Hochgestimmt marschierte Gorat auf das Liebespaar zu, das sich dicht zusammendrängte. Er hob sein Schwert höher und höher. Wiesengrün grub ihre Füße in den Erdboden und hielt ihr Schwert mit beiden Händen vor sich.

Auf einmal bemerkte Gorat, daß zwischen ihm und seinen Opfern ein Störenfried hockte.

Er hielt inne und versuchte zu begreifen, woher diese große, räudige Hund plötzlich gekommen war. Nur einen Augenblick zuvor war kein Hund auf dieser Lichtung gewesen. Und was für ein seltsamer Hund es war. Es war ein roter Hund, aber es war auch der erste rote Hund, den Gorat je gesehen hatte, der einen zottigen Schwanz mit schneeweißer Spitze hatte.

Der Hund saß völlig still da und ließ die Zunge aus der Schnauze hängen.

»Ruf deinen Hund zurück, Sternenglut«, drohte Gorat, »oder ich werde ihn in viele kleine Fetzen zerhacken!«

»Aber ich habe keinen Hund«, erwiderte Sternenglut verwirrt.

»Wa... was für ein Hund?« fragte auch Wiesengrün voller Verwunderung.

»Na schön, ich habe dir eine Chance gegeben!« schrie Gorat, während er das Tier angriff. Er schlug mit dem Schwert mit voller Kraft nach dem Kopf des Hundes und erwartete, daß er auf den Boden rollen würde. Aber der Hund wich seinem Hieb mühelos aus. Danach zielte Gorat auf den zotteligen Schwanz mit dem schneeweißen Ende. Sein Schwert sauste mehrere Male durch die Luft, aber der Hund bewegte sich von einer Seite zur anderen, und jedes Mal verfehlte er ihn um Haaresbreite – um eine zottelige Haaresbreite.

Gorats Enttäuschung wuchs, denn er spürte, daß sich der Hund amüsierte, als wäre er sich nicht bewußt, daß sein Leben in Gefahr war. Er bellte glücklich und knabberte verspielt an Gorats Füßen. Als Gorat sein Schwert hoch über seinen Kopf hob, sprang der Hund nach vorne, legte die Vorderfüße auf seine Brust und leckte mehrere Male über sein Gesicht.

Da verlor Gorat die Geduld. Er stieß den Hund von sich und schwang gleichzeitig die Waffe mit voller Kraft. Aber er verfehlte das Tier nicht nur jämmerlich, sondern verlor auch noch das Gleichgewicht. Als der Hund daraufhin wieder gegen seine Brust sprang, um das Spiel fortzusetzen, schubste er Gorat einige Schritte weiter nach hinten zur Schlucht. Wieder sprang der Hund hoch. Und wieder wurde Gorat nach hinten geschubst, während seine Flüche die Stille des Waldes durchbrachen. Und so ging es einige Male weiter, wobei der Hund mit den Pfoten immer stärker zustieß und Gorat immer weiter zurückdrängte. Schließlich sprang er ihn noch einmal besonders heftig an.

Und da schlug Gorat plötzlich mitten in der Luft einen Purzelbaum und stürzte hilflos in die abgrundtiefe Schlucht. Er erwartete, sein Leben blitzartig vorbeiziehen zu sehen, aber aus irgendeinem Grund hatte er statt dessen ein anderes Bild vor Augen: Zornas altes, häßliches Gesicht. Er schrie auf. Dann wurde alles schwarz.

Als Gorat die Augen öffnete, sah er direkt in Zornas Gesicht. Diesmal war es allerdings kein Bild. Es war leibhaftig Zorna. Wieder schrie er auf.

Sie versuchte, ihn zu beruhigen, und wischte ihm mit ihrer eisigen Hand den Schweiß von der fiebrigen Stirn. »Na komm, Liebling!« flüsterte sie ihm ins Ohr. »Ich werde dafür sorgen, daß es dir besser geht.«

Erst jetzt bemerkte Gorat, daß er fest an einen Stuhl geschnallt war. Aber wo war er? Er schaute sich um. Er war offenbar in Zornas kaltem, muffigem Haus. Es war einladend wie ein Grab und zu dunkel, um irgend etwas deutlich erkennen zu können. Im Schatten konnte er nur einige erbärmliche Möbelstücke ausmachen, mehrere schwere Töpfe, die an spinnwebenüberzogenen Wänden hingen, und einen riesigen, dampfenden Kessel auf der Feuerstelle. In dem Raum stank es entsetzlich, und Gorath vermutete, daß Zorna immer noch Schneckeneintopf kochte. »Wie bin ich hierhergekommen, alte Frau?« schnauzte er sie an.

»Ich habe dich aus der Schlucht geholt.«

Gorath musterte die zerbrechliche Frau. »Wie konntest *du* mich den ganzen Weg von der Schlucht tragen?«

»Ich liebe dich«, gab sie schlicht und einfach zurück.

»Dann binde mich los, bevor ich die Geduld verliere!«

»Ich habe dich an dem Stuhl festgebunden, damit du nicht hinfällst«, antwortete sie mit zärtlicher Stimme. »Es tut mir leid, mein armer Liebling, aber du bist in der Schlucht auf einen Findling geprallt und hast dir das Rückgrat gebrochen. Vom Hals abwärts bist du gelähmt.« Entsetzen und Qual zeigten sich auf Gorats Gesicht, und Zorna wurde traurig. »Aber mach dir bitte keine Sorgen, Liebling. Bis zu deinem Lebensende werde ich für dich kochen, saubermachen und dich pflegen.«

Bei diesen Worten kam Gorat nur ein Gedanke: »Rache! Ich will Rache!«

Und dann begann Zorna, Gorat mit Schneckeneintopf zu füttern.

Als Zorna den letzten Löffel mit Eintopf in Gorats Mund geschoben hatte, hatte der eine einzige Chance entdeckt, wie er seine Rache, nach der er sich so verzweifelt sehnte, in die Tat umsetzen konnte.

Er blinzelte Zorna an und seufzte glücklich. »Das war köstlich!« lobte er sie.

Zorna errötete fast. »Ich bin ja so glücklich, daß es dir geschmeckt hat, Liebling.«

»Kannst du es mir irgendwann wieder kochen, meine Teure?« fragte er hoffnungsvoll.

Zorna weinte fast vor Glück. »Ich koche es *jeden* Tag, Liebling.«

Gorat sah sich in der Hütte um. »Weißt du, meine Teure, du hast ein wunderschönes Heim. Ich glaube, ich werde es genießen, den Rest meines Lebens hier mit dir zu verbringen.«

Zorna brach in Tränen aus. »Wir werden zusammen so glücklich sein!«

Gorath runzelte die Stirn. »Aber es wird dir nicht gefallen, *mich* ständig pflegen zu müssen.«

»Aber Liebling, es wird mir soviel Freude bereiten!« widersprach Zorna.

Gorat schüttelte den Kopf. »Das ist so lieb von dir, meine Teure. Aber ich kann nicht glücklich sein, wenn ich dich nicht in meinen Armen halten kann... und das kann ich nicht, weil ich doch gelähmt bin.« Er schloß die Augen, als ob er versuchen würde, einen Tränenstrom zurückzuhalten.

Zorna wurde von Mitleid überwältigt. Sie küßte Gorat auf seine dicke Wange und spürte sein Zittern. »Mein Liebling«, sagte sie sanft mit bebender Stimme. »Ich habe Verständnis für dein Elend. Ich habe immer alleine gelebt. Eine Ewigkeit ist verstrichen, und ich hatte die Hoffnung fast aufgegeben, einen Mann zu finden, dem ich mein Herz öffnen könnte. Jetzt, wo ich dich gefunden habe, wäre es qualvoll für mich, meine Liebe nicht äußern zu können.«

Gorat öffnete ein Auge. »Wenn du mir nur helfen könntest...«

»Liebling, vielleicht bin ich dazu in der Lage.«

Gorat öffnete das andere Auge; seine Hoffnung wuchs. »Nur eine Person mit magischen Kräften könnte mein durchtrenntes Rückgrat heilen. Du hast aber doch gesagt, du seiest keine schwarzgekleidete Zauberin.«

»Das ist wahr, aber vor vielen Jahren reiste eine schwarzgekleidete Zauberin durch den Wald von Wayreth und belohnte meine Gastfreundschaft, indem sie mir die Kraft für *eine* magische Handlung gewährte, aber nur für eine.«

Gorat machte sich unverzüglich Sorgen. »Nur *eine* Handlung? Nur eine *einzige?«* fragte er nervös nach. »Hast… hast du sie schon ausgeführt?«

»Ich bin eine einfache Frau. Dafür bestand niemals eine Notwendigkeit.«

Erleichtert zwinkerte Gorat ihr wieder zu. »Wirst du es jetzt tun… meine Teure?« fragte er und versuchte, nicht zu ungeduldig zu klingen.

»Zuerst mußt du mir etwas versprechen.«

»Alles, meine Teure, ich verspreche dir alles.«

»Wenn ich dich heile, mußt du mir versprechen, für immer bei mir zu bleiben und diese andere Frau und deinen Rachedurst zu vergessen.«

»Natürlich, meine Teure«, erwiderte Gorat im Tonfall größter Aufrichtigkeit. »Ich sehne mich nur danach, dich in meinen starken Armen zu halten.«

Zorna wurde fast ohnmächtig vor Glück. »Sehr schön. Liebling. Ich werde tun, um was du mich bittest.«

Die alte Frau baute sich vor Gorat auf. Er erwartete, daß sie die Königin der Finsternis anrufen, einen langen Singsang anstimmen und verschiedene Verrenkungen machen würde. Aber sie richtete lediglich einen langen Finger auf ihn und wakkelte viele Male mit ihrer spitzen Nase.

Gorat spürte sofort eine Hitzewelle durch seinen Rücken jagen. Er fühlte, wie sich die Knochen verschoben und sich verbanden. Dann begann sich der Stuhl immer schneller zu drehen. Die Gurte zersprangen, und Gorat wurde auf seine Füße geschleudert. Er streckte Arme und Beine aus und lächelte breit. Er war nicht mehr gelähmt.

Zorna ging mit ausgebreiteten Armen auf Gorat zu und erwartete, von ihm an seine starke Brust gedrückt zu werden.

Statt dessen schubste er sie zur Seite, so daß die zerbrechliche Frau zu Boden stürzte. »Geh mir aus dem Weg, dummes Frauenzimmer«, befahl er und ging mit großen Schritten zur Tür.

»Du hast mich also angelogen«, sagte Zorna, ohne eine Gefühlsregung zu zeigen. »Du hast mich *betrogen.*«

Gorat lachte. »Sei froh, daß ich dich nicht zu deinem erbärmlichen Eintopf in den Kessel werfe. Ich habe keine Zeit.«

»Dein Schwert ist neben der Tür«, teilte Zorna ihm ruhig mit. Die Augen hielt sie geschlossen.

Gorat nahm seine Waffe und trat überflüssigerweise die Tür auf, um nach draußen zu gelangen. Während er in den Wald rannte, schrie er immer wieder: »Rache! Ich will Rache!«

Es dauerte nicht lange, bis Gorat wieder den Weg zu der großen Lichtung gefunden hatte. Und wieder fand er Wiesengrün und Sternenglut neben dem umgestürzten Vallenholzbaum ungefähr zehn Meter von der tiefen Schlucht entfernt. Und wieder hatten sie sich umarmt.

Es überraschte ihn, daß sie nicht weitergezogen waren. Aber dann fiel ihm ein, daß sie sich wohl außer Gefahr wähnten, nachdem er in die Schlucht gestürzt war.

Trotzdem konnte er sich nicht erklären, warum an Sternenglut kein Anzeichen der Verletzung zu sehen war. Er erinnerte sich genau daran, daß er mit dem Schwert Sternengluts Handgelenk verwundet und das herausströmende Blut gesehen hatte. Was war hier los?

Mit gezogenem Schwert drang Gorat aus den Büschen auf das Liebespaar ein. »Gorat!« schrie Wiesengrün entsetzt auf. »Er hat uns gefunden!«

Sternenglut sah zu seinem Schwert hinüber, das am anderen Ende des umgestürzten Baumes auf dem Boden lag. Er stürmte darauf zu, war aber nicht schnell genug. Als seine rechte Hand den Knauf berührte, schlitzte Gorat ihm mit dem Schwert das Handgelenk auf. Das Blut schoß hervor, und der junge Krieger zog vor Schmerzen eine Grimasse. Wiesengrün schrie auf und lief auf ihren verwundeten Geliebten zu. »Wiesengrün!« rief Sternenglut. »Bleib zurück.«

Trotz offensichtlicher Qualen griff Sternenglut wieder nach seinem Schwert. Gerade als er es hochhob, trat Gorat mit seinem schweren Stiefel gegen seine Hand. Das Schwert flog aus Sternengluts schwachem Griff und landete vor Wiesengrüns Füßen. Ohne zu zögern, hob sie die Waffe auf und eilte an Sternengluts Seite. Überrascht wich Gorat einige Meter zurück, um über die Situation nachzudenken.

Er war verwirrt. Warum glich dieses Erlebnis so sehr dem vorausgegangenen, warum war es genauso wie beim ersten Mal, als er Wiesengrün und Sternenglut auf dieser Lichtung gefunden hatte?

Wie damals griff Sternenglut nach dem Schwert, und wieder hielt Wiesengrün es fest. »Nein!« sagte sie entschlossen. »Du bist verletzt.« Als er Einspruch erheben wollte, erklärte sie ruhig und gelassen: »Ich bin zwar eine Frau und deine Geliebte, Sternenglut. Aber vergiß nicht, daß ich auch ein Krieger bin. Genau wie du.« Es waren dieselben Worte wie schon zuvor.

Wieder nickte Sternenglut und lächelte leicht. Und wieder küßte er sie auf die zitternden Lippen und legte sanft eine Hand auf ihre Schulter. Gemeinsam erwarteten sie mutig Gorats Angriff. Genau wie beim ersten Mal.

»Wir sind bereit«, verkündete Wiesengrün kühn. Als sie Gorat ansah, zeigte sich in ihren wunderschönen, grünen Augen eindeutig Abscheu.

Ganz genau wie schon zuvor.

»Rache! Ich will Rache!« verlangte Gorat. Er schien jedoch nicht mehr an Sternenglut und Wiesengrün interessiert zu sein. Er näherte sich ihnen auch nicht, sondern sah sich auf der Lichtung um. »Ich werde mich später um euch kümmern«, erklärte er schließlich und hielt nach der Kreatur Ausschau, die er jetzt mehr haßte als Sternenglut und Wiesengrün, die Kreatur, die ihm zuvor Leid zugefügt hatte – das größte Leid, das er je erlitten hatte. »*Zuerst*, Sternenglut«, verkündete er, »muß ich deinen *Hund* töten! Rache! Ich will Rache!«

»Aber ich habe keinen Hund«, erwiderte Sternenglut verwirrt.

»Wa… was für ein Hund?« fragte auch Wiesengrün voller Verwunderung.

»Ihr wißt nur zu gut, welchen Hund ich meine!« brüllte Gorat. »Dieses schreckliche Biest, das vorhin versucht hat, mich zu töten! Dieses Biest, das die Schuld daran trägt, daß ich von einer häßlichen, alten Frau gefangengehalten wurde und ihren ekelhaften Schneckeneintopf essen mußte. Dieses Biest, das mich in diese Schlucht gestoßen hat!«

Wiesengrün und Sternenglut waren vollkommen verblüfft.

»Wann bist du denn in die Schlucht gefallen?« fragte Sternenglut zweifelnd.

»Das weißt du ganz genau! Es ist passiert, als ich euch das erste Mal auf dieser Lichtung zum Kampf herausgefordert habe.«

Wiesengrün und Sternenglut sahen sich an, als hätten sie es mit einem Wahnsinnigen zu tun.

»Aber, Gorat«, sagte Wiesengrün langsam, »wir sehen dich jetzt zum ersten Mal, seitdem wir aus deinem Zelt geflohen sind… Der Wald von Wayreth erlaubt sich sicherlich einen Scherz mit dir.«

Gorat fluchte. Er wußte nicht, was er von alldem halten sollte. War es jetzt wirklich das erste Mal, daß er Wiesengrün und Sternenglut auf dieser Lichtung getroffen hatte? Hatte ihm sein Verstand einen Streich gespielt, und hatte er sich den entsetzlichen, roten Hund nur eingebildet, während er jetzt hier vor ihnen stand? Und der Sturz in die abgrundtiefe Schlucht? Und die Lähmung? Die Rückkehr in Zornas Hütte? Hielt der Wald von Wayreth ihn wirklich nur zum Narren?

Plötzlich hörte Gorat ein Knurren. Er sah zu der Schlucht hinüber. Der rote Hund saß auf einem Felsvorsprung, wedelte mit dem zottigen Schwanz und schlug mit der schneeweißen Spitze auf den Boden, als ob er ihn herausfordern wollte. »Aha! Da ist ja der *Hund!*« schrie Gorat erfreut, daß er einen Beweis für die Richtigkeit seiner Geschichte hatte.

Wiesengrün und Sternenglut sahen sich an und musterten dann Gorat prüfend. »Was für ein Hund?« fragten sie laut.

Aber Gorat hörte nicht auf sie. Langsam schritt er zur Schlucht. Er hoffte, jetzt die befriedigendste Rache seines Lebens genießen zu können.

Gorat hielt sein Schwert hinter sich versteckt und näherte sich vorsichtig dem zotteligen Hund. Er versuchte, ein freundliches Lächeln aufzusetzen, wobei er seine Zähne entblößte. Der struppige Hund erwiderte sein Lächeln mit einem Knurren und bleckte dabei die Zähne. Dieses Mal war er nicht in verspielter Stimmung.

Gorat hörte auf mit dem Lächeln. Er hob sein Schwert hoch in die Luft. Dann holte er aus und schlug mit voller Kraft auf den Hund los. Erstaunlicherweise schlüpfte der Hund beiseite. Gorat drehte sich um. Die Absätze seiner Stiefel berührten bereits den Rand des Abgrunds. »O nein!« schrie Gorat, als der Hund ihn ansprang und ihm mit seinem ganzen Körper einen mächtigen Schlag gegen die Brust versetzte.

Wieder schlug Gorat in der Luft einen Purzelbaum und stürzte in die Schlucht. Dieses Mal schien sie noch tiefer zu sein.

Als Gorat das Bewußtsein wiedererlangte, überraschte es ihn nicht, daß er in Zornas Hütte vom Hals abwärts gelähmt auf einen Stuhl gefesselt saß. Auch Zorna war da und kochte emsig Schneckeneintopf. Er schrie: »Rache! Ich will Rache!«

Zorna drehte sich mit zornflammenden Augen zu ihm um. »Ich habe genug von *deiner* Rache! Nachdem du mich getäuscht und verlassen hast, bin *ich* es, die Rache will!«

In Gorat stieg die Angst hoch. »Aber ich... ich... ich liebe dich, meine Teure«, stammelte er.

Zorna zeigte mit einem Finger auf Gorat und wackelte mit der Nase. Sofort verlor er die Fähigkeit zu sprechen. »Das wird dich lehren, niemals wieder eine schwarzgekleidete Zauberin zu betrügen!« höhnte sie, worauf der Schweiß über das Gesicht des unglücklichen Gorat strömte. »Ich hoffe, ein paar Jahre ohne Sprache werden dir helfen, diese Lektion zu lernen.«

Wieder zeigte sie mit dem Finger auf ihren entsetzten Gast, und sein Stuhl glitt zu ihr. Auf eine leichte Handbewegung hob sich der Stuhl in die Luft, bis sich ihre Nasen fast berührten. »Ich werde dir niemals verzeihen oder zulassen, daß du deine Grausamkeit mir gegenüber vergißt!« schrie sie. Doch als sie ihm dann in die Augen sah, beruhigte sie sich wieder und lächelte. »Aber ich liebe dich, mein Schatz«, fügte sie nachdenklich hinzu. »Und ich werde bis zu deinem Lebensende für dich kochen, saubermachen und dich pflegen. Du wirst schon sehen. Wir beide werden eine glückliche Zeit haben.«

Damit ließ Zorna Gorat mitten in der Luft zurück und wandte sich wieder dem Kessel zu. Die schwarzgekleidete Zauberkundige ließ die Flammen höher schlagen, indem sie einfach einen Finger hob. Um den Eintopf umzurühren, beugte sie sich über den Kessel und steckte die Hand in das kochende Gebräu. Offensichtlich empfand sie dabei keine Schmerzen. An ihrem Rücken teilten sich leicht die Falten ihrer schwarzen Robe.

Gorats Augen voller Angst traten fast aus den Höhlen hervor. Selbst wenn er die Fähigkeit zum Sprechen gehabt hätte, hätte er keinen Laut hervorgebracht. Er starrte ungläubig auf das, was da aus Zornas schwarzer Robe herausstand.

Es war ein zotteliger, roter Schwanz mit einem schneeweißen Ende.

Die Jagd des Toede

Harold Bakst

Die Taverne »Pilgers Rast« war ziemlich alt. Sie war einst von dem Urgroßvater des Besitzers, eines hutzeligen, alten Zwerges mit Namen Pug, eröffnet worden. Aber das Lokal wirkte noch älter, weil es in einer riesigen und wahrhaft uralten Eiche nahe am Düsterwald gebaut worden war.

Der Schankraum folgte der Form des Baumstammes und war daher im wesentlichen rund. Nach oben erstreckte er sich in die düsteren Höhen der Aushöhlung. Spechte, Fledermäuse, ein paar Eichhörnchen und verschiedene andere Tiere waren dort oben zu Hause. Sie waren in den Schatten unsichtbar. Gelegentlich flog ein Tier herab oder kroch an der Wand herunter, um von den runden, grobbehauenen Tischen etwas Eßbares zu ergattern, und der alte Pug jagte sie immer wieder mit einem Besen nach oben. »Füttert bloß nicht diese Tiere!« ermahnte er seine Gäste unaufhörlich. »Das bestärkt sie nur!«

Dank der vielen Waldwege, die sich an der Taverne kreuzten, lief das Geschäft gewöhnlich recht gut. An jedem Tag fand sich dort normalerweise eine bunte Schar von Wesen unterschiedlicher Volkszugehörigkeit und Rasse ein – Elfen, Zwerge, Menschen und dergleichen. Alle reisten sie kreuz und quer durch Krynn.

Eines Abends gesellte sich zu der Menge ein Kender. Der alte Pug hatte ein wachsames Auge auf den kleinen, schmächtigen

Burschen, denn er wußte nur zu gut, daß sich Kender sehr gerne davonstahlen, ohne die Rechnung zu begleichen. So war es schon typisch, daß der mit roter Hose und ebensolchem Übergewand gekleidete Kender an einem Tisch direkt neben der Tür saß.

Aber dieser Kender war offensichtlich ein wenig angetrunken und sprach so laut, daß Pug ihm beruhigt zumindest den Rücken zuwenden konnte.

»... ich sage euch«, erzählte der Kender gerade, »Kronin und ich *haben* ihn getötet!«

»Sollen wir dir das etwa glauben«, fragte ein untersetzter, schwarzbärtiger Zwerg, der am Tisch des Kenders saß, »daß zwei schwächliche Kender den Drachenfürsten Toede getötet haben?«

»Also, Kronin ist nicht nur *irgendein* Kender! Er ist unser Anführer!«

»Selbst dann«, mischte sich ein anderer Gast ein, ein schlaksiger Mensch, der mit seinem Bierkrug an den Tisch kam, »sind Kender einem Hobgoblin-Fürsten nicht gewachsen.«

Die spitzen Ohren des Kenders liefen rot an. »Willst du damit sagen, daß ich lüge?« schrie er.

»Ja!« kam die Antwort von der Schar der Stammgäste, die sich jetzt um den Tisch des Prahlhanses scharten.

»Und wie wollt ihr zwei Toede getötet haben?« erkundigte sich ein hochgewachsener, geschmeidiger Elf, der ungläubig die glatte Stirn runzelte. »Mit diesem blöden – wie heißt das Ding, das ihr Kender immer mit euch tragt?«

»Hupak«, antwortete der bärtige Zwerg und holte dabei einen am oberen Ende gabelförmig gespaltenen Stab unter dem Tisch hervor, damit ihn alle sehen konnten.

»Rühr den bloß nicht an!« fauchte der Kender und riß ihm die Waffe aus der Hand.

»Was ist denn jetzt los?« fragte der Mensch. »Ein Kender

wird wütend? Wo bleibt euer sprichwörtlicher Sinn für Humor?«

»Er hat zuviel Bier getrunken«, erklärte der Zwerg grinsend.

»Ja, damit wäre seine lächerliche Aufschneiderei erklärt«, stimmte der Elf zu, der die Geschichte mit einer Bewegung seiner langen, schlanken Hand abtat.

»Schande über euch alle!« rief der Kender. »Kronin und ich sind Helden, ob ihr es glaubt oder nicht!«

»Sag mal«, rief der alte Pug von der Theke her, »hat denn eigentlich sonst noch jemand gesehen, wie ihr diese Tat vollbracht habt?«

Ein kurzes Schweigen machte sich breit.

»Er hat recht«, meinte der schlaksige Mensch und setzte seinen Bierkrug auf dem Tisch ab. »Kann jemand deine Geschichte bestätigen?«

Der Kender begann bereits vor Enttäuschung zu stottern, als jemand quer durch den Raum rief: »Ja, ich kann das!«

Alle drehten sich überrascht zu dem Fremden um.

An einem Tisch an der Wand saß eine Gestalt über einen Bierkrug gebeugt. Eine Kapuze hing ihr tief in das Gesicht, so daß nicht zu erkennen war, welcher Rasse der Unbekannte angehörte. Seine Kleidung war völlig zerfetzt.

»Bitte sag uns, wer du bist und wieso du davon wissen kannst!« bat Pug, und furchte seine dicken Augenbrauen vor Neugier.

»Ich war dort«, antwortete der Fremde mit der Kapuze, »und habe alles gesehen. Der Name des Kenders muß Talorin sein.«

Der Kender strahlte vor Stolz, daß die Nachricht über seine Tat bereits fremde Ohren erreicht hatte und dieser Fremde tatsächlich seinen Namen kannte. Er verschränkte die schlanken Arme und rief dem Fremden zu: »Vielen Dank, mein Herr. Vielleicht kannst du dieser Bande von Zweiflern berichten, was du gesehen hast.«

Die Gäste waren noch am Tisch des Kenders versammelt und warteten gespannt auf die Erzählung des Fremden. Doch dieser schien davon nichts wissen zu wollen. Er nippte seltsamerweise weiter an seinem Bier.

»Aber, warum willst du es uns nicht erzählen?« fragte der Zwerg, nahm seinen Krug und trottete zu dem Tisch des Fremden hinüber.

»Was macht das für einen Unterschied?« knurrte der Fremde unter seiner Kapuze. »Toede war ein wehleidiger, feiger Idiot. Er hatte kein Recht, Drachenfürst zu sein.«

Bei diesen Worten liefen Talorins spitze Ohren wieder rot an.

»Das mag wohl stimmen«, erwiderte der Elf, der ebenfalls hinübergegangen war. »Aber er hat viel Unheil angerichtet. Und wenn er tot ist, dann würde ich für meinen Teil gerne erfahren, wie es dazu gekommen ist.«

Tief unter seiner Kapuze schien der Fremde in seinen fast leeren Krug zu starren.

»Vielleicht, wenn jemand mir ein Bier spendiert...«

»Pug! Bring dem Gentleman noch ein Bier!« rief der Zwerg, machte es sich auf einem Stuhl am Tisch des Fremden bequem und ließ die kurzen Beine baumeln. Bald drängten sich alle, die zuvor Talorin umgeben hatten, zu dem Fremden. Da der Kender aber nicht zurückgelassen werden wollte, quetschte er sich in ihre Mitte. Pug brachte einen neuen Krug mit Bier und setzte ihn vor dem Fremden ab. Die Schaumkrone lief über und ergoß sich auf den Tisch.

Der Fremde nahm einen Schluck und räusperte sich. »Früher habe ich diesem erbärmlichen Hobgoblin gedient«, begann er. »Und, nun ja, an jenem Tage war ich zugegen...«

Und jetzt erzählte der Fremde eine Geschichte, die bald viele Male auf ganz Krynn weitergegeben wurde.

Seit vielen Wochen schon regte sich Toede in seinem düsteren Herrenhaus in der verfallenen Hafenstadt Treibgut auf und beklagte sich über seine Untertanen, die ihm als Drachenfürsten nicht den angemessenen Respekt erwiesen. »Sie zahlen keine Steuern, desertieren aus meiner Armee und lachen hinter meinem Rücken über mich!« schmollte er. Dann sackte er auf seinem Thron zusammen, und seine rosaroten Augen schielten aus dem flachen, feisten Gesicht hervor, als würde er eine Intrige ausbrüten, damit jeder erführe, daß er nicht so leicht hinters Licht zu führen war.

Doch abgesehen davon, daß er sich in eine immer schlechtere Laune hineinsteigerte, geschah nichts. Wenn ihn jemand in diesen Wochen verärgerte – ein Diener brauchte beispielsweise nur etwas auf dem Tisch zu verschütten –, dann schäumte Toede vor Wut. Mehr als einer von diesen Burschen wurde den Haien zum Fraß über die Kaimauer geworfen.

Natürlich wurden seine Diener immer nervöser. Schließlich versuchte einer, Groag – ein feister Hobgoblin wie Toede, aber einer, der gerne elegante, modische Gewänder trug und große, mit Juwelen besetzte Ringe –, seinen Herrn von seinem Selbstmitleid abzubringen. »Vielleicht würde sich Lord Toede gerne amüsieren«, schlug er vor, neben dem niedrigen, mit runder Rückenlehne versehenen Thron stehend.

Toede warf dem geckenhaften Diener neben seinem niedrigen Thron mit der runden Rückenlehne einen kurzen Seitenblick zu. »Hast du etwas Bestimmtes im Sinn?« knurrte er. Wie so oft hatte er den Eindruck, daß Groag ihm keinen aufrichtigen Respekt erwies und hochnäsig klang, genauso wie alle anderen auch.

»Es gibt viele Möglichkeiten«, erwiderte Groag. Er zählte sie an seinen edelsteingeschmückten Fingern auf. »Du könntest dein Schiff nehmen und Delphine harpunieren, du könntest einen Hundekampf besuchen, du könntest jagen…«

»Jagen«, knurrte Toede und sackte noch tiefer auf seinem Thron zusammen. »Wie soll ich denn etwas fangen können, wenn mein Wald voller Wilddiebe steckt?« Er fing schon wieder an, sich aufzuregen.

»Na ja«, Groag zuckte die Schultern, »vielleicht kannst du dann einen Wilddieb erwischen.«

Bei diesem Vorschlag leuchteten Toedes kleine Augen auf, und sein breiter, dicker Mund verzog sich zu einem verzerrten Lächeln. »Hmmm«, begann er und trommelte mit seinen Wurstfingern auf die breiten Armlehnen des Throns. »Das könnte doch lustig werden...«

Eigentlich hatte es Groag nicht ernsthaft für überlegenswert gehalten, Jagd auf einen Wilddieb zu machen, aber die Idee schien die Phantasie seines Herrn anzuregen. Folglich sagte er: »Du brauchst nichts mehr zu sagen«, und traf eilig Vorkehrungen für eine Jagdgesellschaft.

Am Tag der Jagd ließ Toede seinen treuen Amphibiendrachen Hopschlott zurück, da sich dieser auf dem Land nur schwerfällig bewegte – die eingeschüchterten Diener, die das enttäuschte Tier trösten mußten, waren zu bemitleiden –, und ritt statt dessen auf Galiot, seinem schnellsten Pony. Außerdem nahm er ein großes Rudel von schwarzen Jagdhunden mit. Ihre Leinen waren an den Eisenhalsbändern von Sklaven befestigt, die sich zu Fuß bewegten. Die Hunde waren bösartige Bestien mit langen Fängen, und manchmal schnappten sie nach den Sklaven, die sie an der Leine hielten, denn sie waren voller Ungeduld, endlich losgelassen zu werden. Die unglückseligen Sklaven konnten sich nur verteidigen, indem sie die Bestien mit Stökken, die sie zufällig auf dem Weg fanden, in Schach hielten.

Für diese Jagd sammelte Toede auch ein halbes Dutzend Leibwächter mit Ponys und Speeren um sich – alles Hobgoblins – für den Fall, daß er auf einen besonders gefährlichen Wilddieb stoßen sollte. Toede hatte seine Rüstung angezogen, die ihm inzwischen aber allzu eng geworden war und sein schlaffes Fleisch aus den Ritzen quellen ließ. Lediglich Groag, der bunte, fließende Gewänder vorzog, war ohne Rüstung. Als er jedoch an der Seite von Toede ritt, trug er Pfeil und Bogen seines Herrn.

Am späten Vormittag schließlich stolzierte die Jagdgesellschaft durch die gewundenen, schmutzigen Straßen von Treibgut. Schon kurz darauf erreichten sie eine große Wiese, an der sich weit entfernt ein düsterer Kiefernwald anschloß. Es war fürwahr keine Überraschung, daß sich nicht unverzüglich ein Wilddieb zeigte, allerdings machte Toede einen prachtvollen, großen Hirsch am Waldrand aus. Als die Gesellschaft näher rückte, hob das Tier den Kopf mit herrlichem Geweih und schnupperte argwöhnisch.

»Psst«, zischte Toede, als Groag ihm Pfeil und Bogen reichte. »Niemand gibt ein Geräusch von sich!«

Im Sattel von Galiot legte Toede den Pfeil auf die Kerbe und zog ihn auf der Bogensehne zurück. Seine rote Zunge zeigte sich in einem Mundwinkel, während er sich auf sein Ziel konzentrierte.

Aber bevor er den Pfeil abschießen konnte, zerriß plötzlich ein jaulendes Geräusch die Stille und schreckte den Hirsch auf. Das Tier wirbelte herum, stürmte in das abgelegene Unterholz des Waldes und verschwand. Es folgten gedämpfte, raschelnde Geräusche, die in der Ferne verhallten.

»Verdammt!« schrie Toede. Seine Augen röteten sich noch mehr. Er wirbelte im Sattel zu seinen Leibwächtern herum. »Wer war das? Kommt schon! Heraus mit der Sprache!«

Die Hobgoblinwachen zuckten die Schultern und sahen sich gegenseitig dümmlich an.

»Das Geräusch kam nicht von unserer Gesellschaft«, erklärte Groag, der wie immer ein wenig hochmütig klang.

»Oh? Woher kam es dann?« fragte Toede.

»Ein Kender«, erwiderte Groag. »Vielleicht mehr als einer. Das Geräusch wurde mit einem Hupak erzeugt.«

»Kender!« keifte Toede, während seine Augen über die Wiese und den Wald huschten. »Das hätte ich wissen müssen! Ich wette, daß sie es sind, die ständig in meinem Wald wildern!«

»Das würde mich nicht überraschen«, stimmte Groag zu, obwohl er eher überrascht darüber war, daß ihre Suche nach Wilddieben anscheinend wirklich Ergebnisse mit sich brachte.

»Na gut«, sagte Toede und gab seinem allwissenden Diener Pfeil und Bogen zurück, »dann laßt uns die Augen nach den verdammten Kendern offenhalten!«

Damit setzten sich Toede und seine Jagdgesellschaft wieder in Bewegung – auf der Suche nach Kendern. Aber sie trafen keinen an. Bald zogen sie am Rand des dunklen Kiefernwaldes entlang. Die niedrigen Zweige der Bäume waren abgestorben, grau und kahl.

Natürlich zeigte sich auch hier kein Kender, aber Toede erblickte einen zweiten Hirsch im düsteren Wald, der in der Nähe am Ufer eines plätschernden Baches trank. »Psst«, flüsterte Toede und streckte die Hand nach Pfeil und Bogen aus. Groag reichte sie ihm. Dieses Mal war Toede schneller: Hurtig legte er den Pfeil in die Kerbe und zog ihn mit der Bogensehne zurück.

Noch bevor er richtig zielen konnte, zerriß jedoch wieder ein jaulendes Geräusch die Stille.

»Verdammt!« brüllte Toede, als der Hirsch davonsauste, den Bach überquerte und im tiefen Wald verschwand. Toede stemmte sich in den Steigbügeln hoch und suchte die Umgebung ab. »Wo sind sie? Wo sind diese verfluchten Kender?«

»Sie sind recht gut im Verstecken«, belehrte ihn Groag, als wäre es eigentlich nicht erwähnenswert. »Du wirst sie nicht so leicht ausfindig machen.«

»Werde ich nicht, werde ich nicht?« fragte Toede und

strengte seine Augen noch mehr an. »Das werden wir ja sehen!« Er wandte sich an seine Leibwächter. »Du!« zischte er einen an. »Beweg dich mit einigen Sklaven im Kreis! Wir benutzen sie als Treiber!«

»Ja, mein Herr!« bellte der Hobgoblin zurück, dem die Idee gefiel. Er nahm einige Sklaven und Hunde, gab seinem Pferd voller Hoffnung die Sporen, er werde die Kender einkreisen können, wo auch immer sie sich befanden, und weg war er.

Toede funkelte Groag an, der die Augen abwandte. Der dickliche Drachenfürst führte die Jagdgesellschaft zurück mitten auf die Wiese, wo er einen guten Überblick über den Waldrand hatte. Vor sich hinbrabbelnd wartete er auf dem Rücken des ungeduldigen Ponys, das unablässig schnaubte und mit seinen kleinen Vorderhufen auf dem Boden scharrte.

Als Toede schließlich das ferne Geschrei der Treiber tief im Wald hörte, murmelte er: »Nun, meine kleinen Kender, jetzt drehen wir den Spieß um…«

Die Rufe der Treiber und das Bellen der Hunde wurden lauter. In dem Versuch, vor diesen Treibern zu fliehen, stürzte jede Menge Wild aus dem Wald: Hasen, Füchse, Waldhühner und sogar noch ein Hirsch. Alle hasteten an Toede und seiner Jagdgesellschaft vorbei. Doch der ignorierte sie und wartete gespannt und voller bösartiger Schadenfreude weiter. Doch zwei seiner Hobgoblinleibwachen konnten nicht widerstehen. Sie verfolgten den davonrasenden Hirsch und streckten ihn mit ihren Speeren nieder.

»Hört auf damit!« schrie Toede und winkte sie zurück. »Bereitet euch auf die Kender vor!«

Die zwei Hobgoblins sahen sich an, bevor sie ein wenig widerwillig den toten Hirsch dort liegen ließen, wo er zu Fall gekommen war. Gehorsam ritten sie zu Toede zurück.

Auf einmal begannen die schwarzen Hunde bei Toede wild zu kläffen, zogen an den Leinen und stellten die Kraft der ma-

geren Sklaven, die sie festhalten mußten, auf eine harte Probe. Aus dem Wald stürzten zwei kleine Wesen, die vor den Treibern davonliefen, sich dabei angeregt unterhielten und überhaupt nicht umsahen, wohin sie liefen.

»Wen haben wir denn da?« kicherte Toede selbstgefällig und streckte die Hand nach Pfeil und Bogen aus; Groag reichte sie ihm. »Heute abend gibt es Kenderfleisch für die Hunde!« Toede legte den Pfeil auf die Kerbe und zog ihn mit der Bogensehne zurück. Seine rote Zunge hing aus einem Mundwinkel, während er die Augen zusammenkniff und zielte.

Aber gerade, als die zwei Kender in Schußweite waren, senkte Toede den Bogen. »Nein«, sagte er, während sich ein verzerrtes Lächeln auf dem Gesicht zeigte. »Nein, ich habe eine bessere Idee – eine viel bessere Idee...« Einen Augenblick lang genoß er seinen Einfall und nickte zustimmend. Dann wandte er sich an seine Leibwächter. »Fangt sie!«

Die Leibwächter gaben ihren Ponys die Sporen und galoppierten davon. Sie waren fast unmittelbar vor den Kendern, bevor die kleinen Wesen wußten, wie ihnen geschah. Einer von ihnen wollte einen Knopf an seinem Gewand austauschen, und der andere bot ihm unzählig viele verschiedene aus seinen Beuteln an, so daß sie von dem Angriff überrascht wurden.

Aber es war trotzdem nicht so einfach, diese Kender zu fangen. Sie waren äußerst flink, und einer von ihnen schwang ständig seinen Hupak und erzeugte dieses jaulende Geräusch. Durch diesen Ton gerieten die Ponys in Panik und trampelten beinahe die Treiber nieder, die gerade aus dem Wald kamen. Den Kendern gelang fast die Flucht, als sie in der allgemeinen Verwirrung über die Wiese flitzten. Dann aber wurden sie von zwei Hobgoblins verfolgt, die zwischen ihren Ponys ein Netz ausgespannt hielten. Die zwei Kender wurden gepackt, und der Hupak flog – mit einem letzten Aufjaulen – aus der Hand des einen Kenders.

Toede, der alles aus der Ferne beobachtet hatte, fiel vor Aufregung fast aus dem Sattel. »Bringt sie her! Bringt sie her!« schrie er heiser. Er lehnte sich im Sattel zurück und begann sich erwartungsvoll die feisten Hände zu reiben. Dabei grinste er höhnisch Groag an, der, wenn auch widerwillig, den Erfolg seines Herrn mit einem Nicken anerkannte.

Mit den gefangenen Kendern, die zwischen den Reittieren baumelten, ritten die zwei Hobgoblins zu Toede. Die Hunde fuhren mit dem Bellen fort, zerrten an den Leinen und schnappten nach dem Netz, das nur eine Handbreit entfernt war.

»Wen haben wir denn da?« fragte Toede und beugte sich nach vorn. Plötzlich weiteten sich seine kleinen Äuglein. »Was ist denn das? Groag! Schau doch mal, wen wir da geschnappt haben!«

Groag lehnte sich vor, und selbst er schien beeindruckt. »Ist das denn die Möglichkeit – meine Güte, kann das wirklich sein?«

»Es kann sein!« bestätigte Toede mit großer Zufriedenheit. »Der Anführer der Kender! Oh, das wird bestimmt die anderen Drachenfürsten beeindrucken!«

Tatsächlich war es Kronin Distelknot. Bis auf ein gewisses majestätisches Gebaren und das silberblonde Haar sah er aus wie ein ganz gewöhnlicher Kender, nur ein wenig größer und robuster. Außerdem hingen doppelt so viele Beutel und Verzierungen an seiner schlanken Taille. In seiner Begleitung befand sich ein sehr viel jüngerer Kender, der breit grinste und dabei seine Zahnlücken enthüllte, als wäre er vollauf begeistert, etwas derart Ungewöhnliches, wie von dem großen Toede gefangengenommen zu werden, zu erleben.

»Guten Tag«, grüßte Kronin lässig, während er in dem Netz wie in einer Hängematte schaukelte. »Schöner Tag zum Jagen.«

»In der Tat ein schöner Tag«, erwiderte Toede höhnisch.

»Wohlgemerkt, mein lieber Kronin, die Jagd hat noch nicht einmal richtig begonnen!«

Toede sah sich schnell um, bis sein Blick auf den getöteten Hirsch fiel. Seine Augen glitzerten, als ihm ein Einfall kam. »Bringt das Tier her!« befahl er.

Die zwei Hobgoblins, die das Tier getötet hatten, eilten mit ihren Ponys dorthin und vertrieben dabei einige Schakale und Geier, die sich bereits zum Schmaus eingefunden hatten. Sie ergriffen den Hirsch am Geweih und schleiften ihn zu Toede.

»Nun«, sagte Toede und zeigte ungeduldig auf seine hochgeschätzten Gefangenen, »befreit sie.«

Die Hobgoblins, die das Netz festhielten, kippten es um, und die zwei kleinen Wesen plumpsten heraus. Sie klopften sich die roten Hosen und weißen Überkleider ab, und Kronin rückte seine Fellweste zurecht.

»Und jetzt«, fuhr Toede fort und offenbarte allmählich seinen Plan, »kettet sie an den Kadaver!«

Die Kender sahen sich ein wenig verwirrt an, während zwei Hobgoblins dem Befehl unverzüglich nachkamen und die schlanken Handgelenke der Kender an jeweils eine der breiten Geweihsprossen ketteten. Die Kender hoben fragend die Arme und zogen dabei den Kopf des toten Tieres hoch.

Toede klatschte in die Hände. »Und jetzt, meine spitzohrigen Nervensägen, werde ich euch einen Vorsprung geben.«

»Einen Vorsprung?« wiederholte Kronin.

»Genau«, bestätigte Toede. »Und wenn ich glaube, daß ihr eine angemessene Entfernung zurückgelegt habt, werde ich diese Hunde freilassen, damit sie euch verfolgen und töten. Was habt ihr dazu zu sagen?«

In voller Einsicht in die Lage gab Kronin ein breites Lächeln von sich. »Oh, für ein gutes Spiel bin ich immer zu haben«, antwortete er und sah zu dem fetten Hobgoblin hoch, der ihn mit solch einer Verachtung musterte.

»Dann hast du ja Glück!« gab Toede zurück und gab sich Mühe, genauso schlagfertig wie der Kenderanführer zu klingen. »Jetzt solltet ihr euch lieber auf den Weg machen, meine Freunde. Ich werde nicht *zu* lange warten.«

»Oh, dessen bin ich mir sicher«, antwortete Kronin. »Bis zum nächsten Mal…« Er verneigte sich tief. Der andere Kender, der ein wenig kleiner als Kronin war, machte es ihm nach.

»Pah!« keifte Toede. »Wenn ich erst einmal mit euch fertig bin, werdet ihr nicht mehr so superklug tun können!«

Aber Kronin ignorierte den Drachenfürsten und wandte sich an seinen kleinen Freund. »Komm, Talorin«, meinte er. »Wir müssen gehen.«

Der andere Kender grinste und hüpfte voller Vorfreude auf das Spiel hin und her. »Ja, Sir, mein Lehnsherr!« erwiderte er. »O ja, auch ich bin immer für ein gutes Spiel zu haben!«

Die beiden Kender schlurften davon und zerrten den blutigen Hirschkadaver über die Wiese mit sich – er war größer als beide zusammen. Am Waldrand drehten sie sich um und winkten Toede zum Abschied zu. Dann verschwanden sie im Unterholz, den Hirschkadaver noch immer im Schlepp.

Toede trommelte ungeduldig mit den Fingern auf den Sattelknopf. Galiot schnaufte und scharrte nervös auf dem Boden. Die Hunde zerrten an ihren Leinen. Die Sklaven sahen flehend zu Toede auf, daß er endlich den Befehl erteilte, die Bestien freizulassen.

»Ähm, wir sollten nicht zu lange warten«, riet Groag, der ein wenig besorgt aussah. »Kender sind schrecklich durchtrieben…«

»Ich weiß genau, wie lange wir warten!« schnauzte Toede ihn an. Und zum Beweis wartete er noch länger.

Doch schließlich wurde auch er nervös und schrie: »Laßt die Hunde frei!«

Die Hunde stürmten davon, die Hobgoblins galoppierten ihnen nach, während die japsenden Sklaven, die von zwei Leibwächtern am Ende des Zuges bewacht wurden, gezwungen waren, zu Fuß mitzuhalten.

Am Waldrand hielten die Hunde an und begannen die Fährte des Hirschkadavers zu erschnüffeln. Ihre schwarzen Schnauzen fegten fieberhaft über den Boden, hin und wieder schnaubten sie, um die feuchten Nasenlöcher von der Erde zu säubern. Kurz darauf stürzte ein Hund in den Wald und zog die anderen hinter sich her, bis alle laut kläffend davonrasten. Die Jagdgesellschaft folgte ihnen. Die Reiter waren gezwungen, unter den niedrigen, kahlen Ästen der Kiefern die Köpfe einzuziehen.

»Puh!« stöhnte Talorin, der mit beiden Händen an seiner Kette zog und dem es kaum gelang, seinen Anteil an der schweren Last zu bewältigen. »Ich glaube, ich fange wirklich an zu schwitzen!«

Die beiden Kender arbeiteten sich langsam zwischen den hochragenden Bäumen des düsteren und stillen Waldes hindurch, wo nur noch Strahlen des Sonnenlichts durch die Zweige brachen und den Waldboden besprenkelten.

»Gut für dich!« bemerkte Kronin, der sich genauso dahinschleppte, jedoch darauf achtete, seine Erschöpfung nicht zu zeigen, denn trotz allem war er der Anführer. »Dir fehlt sowieso ein bißchen Körperertüchtigung.«

»Hoppla!« sagte Talorin und drehte den Kopf um. »Ich glaube, ich höre die Hunde!« Er hielt inne, um zu lauschen. »Ja, ja, das sind sie wirklich. Weißt du, mein Lehnsherr, ich glaube, wir hätten schneller vorankommen sollen.«

Auch Kronin blieb stehen, und dabei fiel der Kopf des Hirsches auf ein weiches Bett aus braunen Kiefernadeln. »Und wenn«, beschwichtigte er ihn, während er versuchte, den Atem anzuhalten, »diese niedrigen Zweige sollten die Reiter ein wenig aufhalten.« Er zeigte auf die kreuz und quer verlaufenden

Zweige, von denen die meisten über den Köpfen der zwei Kender hingen. »Aber du hast recht, mein Freund...« Er stützte lässig einen Ellbogen auf das aufrecht stehende Geweih des toten Tieres, »...obwohl ich mir ziemlich sicher bin, daß wir diese beiden Schlösser knacken könnten, wenn wir genügend Zeit hätten.« Er schaute nachdenklich drein.

»Zweifellos!« bestätigte Talorin und rasselte an seiner Kette. »Nur...« Er hatte Bedenken, Kronins Meditation zu stören. »Nur kommen die Hunde immer näher, während wir sprechen...«

»Kein Kender sollte auf diese Weise behindert werden«, philosophierte Kronin weiter und schüttelte den Kopf. »Es ist *so* peinlich. Und was das Spiel betrifft, das scheint mir überhaupt nicht fair zu sein.«

»Das ist allerdings wahr. Diese Hunde werden ziemlich laut, findest du nicht?«

»Vielleicht sollten wir etwas gegen diese Hunde unternehmen...«, sinnierte Kronin.

»Ja, ja! Großartige Idee!« Talorin strahlte. »Und ich habe sogar eine Idee, wie wir vorgehen können! Wir brauchen lediglich – oh! Verdammt! Dafür brauchen wir ja den Hupak.« Er legte die Stirn beim Nachdenken in Falten. »Natürlich!« begann Talorin wieder und schnalzte mit den Fingern. »Wir könnten – ach nein – das funktioniert auch nicht. Wir bräuchten vier weitere Kender...«

Kronin verdrehte die Augen.

»Hey! Das könnten wir versuchen – verflucht! Das ist nicht gut! Hier wachsen zu viele Bäume! Also, vermutlich können wir immer – verdammt! Ich bezweifle, daß selbst Hobgoblins so dumm sind.« Talorin strich sich mit der Hand über das schmale Gesicht. »Sag mal, wie wäre es...«

»Ähm, mach dir keine Sorgen, mein Freund«, unterbrach ihn Kronin schließlich. Er spuckte in die Hände, rieb sie aneinander und nahm wieder seine Kette. »Ich glaube, mir ist bereits etwas eingefallen...«

Toede und seine Jagdgesellschaft ritten nun schon ziemlich lange durch den düsteren Wald – tatsächlich solange, daß sie schließlich unter Stöhnen anhielten. Die Sklaven brachen zusammen und versuchten, ihren Atem zu kontrollieren. Toede kratzte sich an seinem breiten, fetten Kinn. »Es scheint so«, bemerkte er und gestand sich langsam die Wahrheit ein, »als ob wir immer zu der gleichen Stelle zurückkehren.«

»Ja, so scheint es zu sein«, stimmte Groag zu, den die lange Suche etwas ermüdete. »Offenbar haben die Kender den Kadaver im Kreis herumgezogen.«

Toedes rosarote Äuglein röteten sich. »So! Kronin glaubt also, er könnte mich reinlegen! Wir werden uns darum kümmern! Führt die Hunde an der Leine!«

Die Sklaven, die es sich gerade auf den Kiefernadeln bequem gemacht hatten, zwangen sich unter Schmerzenslauten hoch. Nachdem die Hunde angeleint waren, ging die Jagdgesellschaft auf Toedes Befehl bei der Suche nach der Fährte langsamer und methodischer vor. Toede hielt einige Hunde außerhalb des Kreises, den die Kender gezogen hatten, weil er hoffte, so die Stelle zu finden, an der Kronin und Talorin die Richtung geändert hatten. Und wirklich wurden die Hunde, die das Unterholz in einigem Abstand durchstreiften, bald wild und laut, schnaubten am Boden und zogen an den Leinen.

»Seht ihr!« schrie Toede. »Es ist ihnen nur gelungen, ihr Ende aufzuschieben – und das auch nur, stelle ich fest, für kurze Zeit!« Er wandte sich zu den Sklaven. »Laßt sie frei!«

Die Sklaven waren nur zu glücklich, diesem Befehl gehorchen zu können. Die Hunde scheuchten Waldhühner und andere Vögel auf, nachdem sie freigelassen waren, dann stürzten sie sich der frischen Fährte folgend tiefer in den Wald.

»Oh, so eine Erregung habe ich noch nie verspürt!« verkündete Toede ausgelassen. Als er hinter den Hunden her galoppierte, wirbelten unter den Hufen von Galiot die Nadeln auf dem Waldboden auf. »Wir sollten öfters Jagd auf Kender machen!«

»Ja, mein Herr«, erwiderte Groag, nicht gerade überzeugt, mit flatternden Gewändern. Er war vollauf damit beschäftigt, sich im Sattel zu halten.

»Hoppla! Ich höre sie schon wieder!« bemerkte Talorin. Kronin und er saßen auf Steinen an einem sprudelnden Fluß, der sich zwischen den Bäumen hindurch schlängelte.

Kronin hantierte mit einer Nadel an dem Schloß um sein mageres Handgelenk. Er lauschte mit den spitzen Ohren. »Du hast recht«, stimmte er beunruhigt zu. »Vermutlich haben sie unseren Trick durchschaut.«

Talorin seufzte. »Mann, ich hasse es, angekettet zu sein. Ich hasse es wirklich.«

»Für mich ist es auch kein Honiglecken«, entgegnete Kronin, der sich erhoben hatte und sich auf das Bellen konzentrierte. »Meine Güte, die machen ja ein Spektakel, nicht wahr? Ich bin froh, daß wir das nicht jeden Tag mitmachen müssen.«

»Sie scheinen ein wenig zu... wie würdest du es ausdrükken?«

»Enthusiastisch?«

»Ja, das ist es: enthusiastisch! Schlecht für uns, häh?«

»Könnte sein. Vielleicht sollten wir wieder im Kreis laufen.«

»Offen gesagt, das langweilt mich ein wenig.«

»Also! Jetzt sei nicht so wählerisch!« rügte Kronin ihn. »Na schön, ich muß mir einfach etwas anderes ausdenken.« Während das entfernte Bellen immer lauter wurde, nahm sich Kronin einen Augenblick Zeit zum Nachdenken. Er runzelte die Stirn und kratzte sich am Kinn. Dann sah er sich um. Anschließend dachte er noch angestrengter nach.

»Ähm, mein Lehnsherr, könntest du nicht ein wenig schneller denken?«

»Ich hab's!« platzte Kronin mit leuchtenden Augen heraus. Er setzte sich wieder und begann seine Schuhe aufzuschnüren. »Komm schon«, drängte er.

Talorin sah ihn verwirrt an. »Was auf Krynn...?«

»Und roll auch deine Hose auf«, unterbrach ihn Kronin und krempelte seine Hosenbeine hoch.

Mit einem tiefen Seufzer und kettenrasselnd legte Talorin langsam einen Fuß auf das knochige Knie und begann einen Schuh auszuziehen. »Na ja«, seufzte er gequält, »zumindest die Hunde scheinen eine gute Zeit zu haben...«

Die Hunde schnaubten aufgeregt an der Stelle, wo die zwei Kender gesessen hatten, aber ihre Enttäuschung wuchs, weil sie schon wieder die Spur verloren hatten.

»Offensichtlich sind die Kender durch den Fluß gewatet, mein Lord«, bemerkte Groag, der sich voller Unbehagen im Sattel krümmte und verzweifelt wünschte, zum Herrenhaus zurückzukehren. »Es läßt sich wirklich nicht sagen, welchen Weg sie eingeschlagen haben.«

»Läßt sich nicht sagen?« echote Toede. »Meinst du etwa, daß Kronin dieses kleine Spiel gewonnen hat?«

»Ich bin nur sachlich«, verteidigte sich Groag, während er sein schmerzendes Gesäß rieb. »Du hättest sie töten sollen, als du sie in der Hand hattest.«

»Pah!« machte Toede. »Du gibst zu leicht auf!« Er wandte sich an die übrige Jagdgesellschaft. »Also gut, durchkämmt das Ufer!«

Die Jagdgesellschaft teilte sich auf und durchforstete die Ufer des Flusses in beiden Richtungen. Toede, der immer ungeduldiger wurde, wartete bei Groag und trommelte mit den Fingern auf den Sattelknopf, während Galiot die Gelegenheit ergriff, von dem kühlen, kristallklaren Wasser zu trinken. »Wir werden sehen«, murmelte Toede. »Wir werden schon sehen...«

Schon bald darauf begannen die Hunde am gegenüberliegenden Ufer stromabwärts wild zu bellen. Ein Hobgoblin, der ihnen gefolgt war, blies in sein Horn.

»Ha! Was sagst du jetzt, Groag!« rief Toede, während er mit Galiot platschend durch den Fluß ritt. Er krümmte sich zusammen, um einigen niedrigen Zweigen aus dem Weg zu gehen. »Kronin ist nicht so klug, wie er – oder du – glaubt!«

Groag, der in den Reihen der nachfolgenden Hobgoblins nach hinten fiel, war so erschöpft, daß er nicht antwortete. Ein abgestorbener Zweig hatte den Ärmel seines guten Gewandes zerrissen.

»Uh, oh, hörst du auch, was ich höre?« fragte Talorin, während er und Kronin den tropfnassen, unglaublich hinderlichen Hirschkadaver weiter durch den Wald schleiften. Sie blieben stehen und horchten.

»Du lieber Himmel, sind die aber beharrlich«, beschwerte sich Kronin.

»Mein armes Handgelenk beginnt zu scheuern«, jammerte Talorin, »und ich bin müde und hungrig...«

»Meine Güte, so ein schlecht gelaunter Junge«, sagte Kronin. »Was meinst du wohl, wie es mir geht? Gibt es ein schlimmeres Unglück als zwei aneinandergekettete Kender?«

Auf einmal aber schnippte Talorin, der dem älteren Kender nur halb zugehört hatte, mit den Fingern. »Hey, ich habe eine Idee!«

Kronin sah ihn zweifelnd an.

»Nein, wirklich, hab' ich! Und sie ist gut!«

»Brauchen wir dafür etwas Besonderes?«

»Nein, nein, nur ein bißchen Muskelfett!« Talorin sprang hoch. Sein Gesicht strahlte vor Eifer.

»Nun, das ist zuviel. Meine Idee erfordert nur – ahh! Hmmm! Nein. Dafür bräuchten wir Schweinefett…«

»Siehst du? Unsere Situation ist gräßlich. Bitte hör dir doch mal meine Idee an! Bitte, bitte, bitte…«

»Schon gut, schon gut!« unterbrach ihn Kronin, der sich die spitzen Ohren halb zuhielt. »Aber sprich leiser! Sie kommen immer näher.«

Talorin strahlte und rieb sich die Hände. Er beugte sich zu Kronin und flüsterte: »Dieser Hobgoblin–Dummkopf wird niemals dahinterkommen!«

»Zu guter Letzt!« sagte Groag, der sich mit einem Seidentaschentuch die Stirn abwischte und nach oben in die Zweige einer besonders hohen Kiefer schaute, »haben wir sie in die Enge getrieben!«

»Das scheint der Fall zu sein«, stimmte Toede zu, der hochspähte und sich an seinem schwabbeligen Kinn rieb. Er runzelte übertrieben die Stirn. »Obgleich ich um alles in der Welt keinen von den beiden erblicken kann.«

»Du hast recht«, sagte Groag durch den Lärm. »Ich sehe sie auch nicht. Können Kender fliegen?«

Aber noch während Groag seinen Gedanken äußerte, verzerrte ein breites Lächeln langsam das Gesicht seines Herrn.

»Mein Herr?« half Groag düster nach.

»Fliegen, Groag?« platzte Toede heraus. »Ha! Fliegen, sagst du? Ist das deine Theorie?«

»Nun ja, nein. Ich habe mich nur gefragt…«

»Verstehst du nicht, was sie getan haben?«

»Ähm, laß mich…«

»Du hältst dich doch für so klug!« Toede zeigte mit einem seiner Wurstfinger auf die starken Äste des Baumes. »Das liegt doch auf der Hand! Sie sind auf einen der oberen Äste geklettert, zu einem anderen Baum übergewechselt und dann wieder hinuntergestiegen, und...« Toede wandte sich zu der restlichen Gesellschaft um. »Verteilt euch alle!«

Die Jagdgesellschaft ging in alle Richtungen auseinander. Toede, zuversichtlicher denn je, wartete bei Groag. Hin und wieder grinste er seinen hochnäsigen Diener an. Und tatsächlich begann bald ein Hund bei einer Kiefer zu bellen.

»Oh, wie mir das alles gefällt«, schrie Toede, während er im Galopp den lärmenden, schwarzen Hunden folgte. »Wir werden es Kronin schon zeigen!«

»Verdammt! Beinahe hätte ich es geschafft!« fluchte Kronin, der vor einer großen Höhle am Fuße eines steinigen Abhangs hockte. Sein gerötetes Handgelenk hatte er schließlich von der Kette befreien können, und jetzt arbeitete er an Talorins Schloß.

»Möchtest du dich nicht bitte beeilen, Sir?« fragte Talorin, der auf dem glasäugigen Hirschkadaver saß. »Diese Hunde kommen schrecklich dicht heran.«

Kronin erhob sich. »Du hast recht.« Einen Augenblick lang schaute er nachdenklich drein. »Sag mal! Warum teilen wir uns nicht auf? Das würde sie verwirren!«

»Was? Ich soll den Hirsch alleine zerren?«

Kronins Gesichtsausdruck verriet, daß er die Idee gar nicht so schlecht fand. »Du kannst dich doch jederzeit in dieser Höhle verstecken...«

»Sir!«

»Hmmm. Na ja. Vermutlich nicht.« Aber Kronin wirkte nicht überzeugt.

»Sir, vielleicht würde es helfen, wenn du dir vorstellst, daß du ebenfalls immer noch angekettet bist.«

»Da könntest du recht haben«, stimmte Kronin zu. »Laß mich so tun, als wäre ich noch angekettet. Hmmm...«

Und während Kronin grübelte, wurde das Bellen der Hunde

ständig lauter. Talorin räusperte sich und streckte das Handgelenk aus, wobei die Kette rasselte. »Ähm, mit gebührender Hochachtung, Sir, aber vielleicht könntest du weiter versuchen, das Schloß zu knacken.« Natürlich hätte Talorin auch selber das Schloß öffnen können, aber Kronin war geübter, und außerdem war er der Anführer.

»Vielleicht«, gab Kronin unbestimmt zurück und nahm Talorins gefesseltes Handgelenk. »Aber ich kann nicht zur gleichen Zeit Schlösser knacken und nachdenken.«

»Das ist ja alles richtig, mein Lehnsherr. Ich werde für uns denken. Ich habe bereits eine Idee. Warum machen wir... verflucht! Das haben wir ja bereits probiert. Oder vielleicht...«

Das Bellen wurde immer lauter. Und jetzt hörte man auch noch das Aufschlagen der Ponyhufe und Toedes heiseres Geschrei, der seiner Jagdgesellschaft hektisch Befehle zurief.

»Die sind einfach ein bißchen zu dicht dran, als daß man sich wohlfühlen kann«, stellte Kronin fest, während er an dem Schloß hantierte.

Plötzlich unterbrach Kronin die Arbeit am Schloß. Seine Ohren zuckten. »Sag mal, hast du auch etwas gehört?«

»Etwas gehört?« wiederholte Talorin, der damit beschäftigt war, Kieselsteine in die Hand zu nehmen und sie zu untersuchen, ob es sich bei einigen nicht zufälligerweise um Juwelen handeln könnte. »Ja, aber ich dachte, du wärst das, der am Schloß zerrt...«

»Nein, nein...« fiel ihm Kronin ins Wort. Seine Ohren zuckten wieder. Er drehte sich zu der Höhle hinter ihnen um. »Ich glaube, es kam von dort.«

Auch Talorin richtete den Blick auf die Höhle. Er beugte sich vor, um besser hören zu können, und ließ dabei die Kieselsteine fallen. »Du hast recht! Hmmm! Da schnarcht jemand schrecklich laut!«

Die zwei Kender starrten sich einen Augenblick lang an. Ein

und derselbe Gedanke ließ ihre Augen aufleuchten. Kronin werkelte fieberhafter den je am Schloß. Talorin zappelte vor Aufregung hin und her. »Halt still, ja!« mahnte Kronin.

»Oh, das wird gut werden!«

Kurz darauf erreichten die Hunde die Höhle. Sie kläfften wild vor dem dunklen Eingang, weigerten sich jedoch hineinzulaufen.

»Endlich!« schrie Toede, zog an den Zügeln von Galiot und hielt hinter den Hunden an. Dann rutschte er von seinem Pony. »Die sind in der Falle!«

»Das hoffe ich, Sir...«, stöhnte Groag.

»Oh, sie sind hier drin, keine Angst«, beruhigte Toede ihn. Er streckte die Hand nach Pfeil und Bogen aus.

»Ja, aber jedes Mal...«

»Komm, komm! Beeil dich!« schrie Toede und schnalzte ungeduldig mit den Fingern.

Groag reichte ihm die Waffen. »Bis jetzt waren sie aber so hinterlistig...«

»Das stimmt! In der Tat, so hinterlistig!« sagte Toede und legte den Pfeil auf die Kerbe. »Und sieh doch, wohin es sie geführt hat! Jetzt sind sie dem Untergang geweiht!«

»Trotzdem, mein Lord, würde ich vorsichtig vorgehen...«

»Pah! Es gefällt dir bloß nicht, daß ich einen Kender überlistet habe«, gab Toede zurück, drehte Groag den Rücken zu und spähte gespannt in die dunkle Höhle.

»Du irrst dich, mein Lord«, widersprach Groag, der mit seiner Körperfülle nur sehr unbeholfen von seinem Pony rutschen konnte. »Nichts würde mich mehr erfreuen. Aber...«

»Vergiß dieses ›aber‹,« unterbrach ihn Toede und drehte sich voll zu ihm um. »Befolge einfach meine Anordnungen. Geh zu den Bäumen und paß auf die Pferde und Hunde auf. Ich lasse dir die Sklaven und zwei Wachen zurück. Falls sich Kronin und dieses andere spitzohrige Würstchen an uns vorbeistehlen sollten, tötest du sie unverzüglich! Verstanden?«

»Ja, Sir«, antwortete Groag, der zumindest über diese Pause erleichtert war.

»Der Rest folgt mir!«

Während vier Hobgoblins eifrig von ihren Ponys stiegen, überquerte Groag mit den Sklaven, Hunden, Ponys und zwei Wachen die Lichtung und zog sich zu den Bäumen zurück. Toede spähte wieder in die Höhle hinein. Dieses Mal war er aber schon zaghafter. Sein treuer Diener hatte ihn nachdenklich gestimmt. »Dieser verdammte Groag«, brummte er. »Ruiniert mir immer den Spaß! Verdammt, aber nicht dieses Mal!« Den Bogen schußbereit schlich sich Toede verstohlen in die Höhle, dicht gefolgt von seinen Wachen. Schon bald wurden sie von der Dunkelheit verschluckt.

Einen Augenblick oder zwei geschah gar nichts, außer daß die Hunde unentwegt bellten und an den Leinen rissen, wobei sie einige erschöpfte Sklaven von den Bäumen auf die Lichtung zerrten.

Plötzlich drangen mehrere langanhaltende Hobgoblinschreie aus der Höhle. Dem Geschrei folgte fast unverzüglich niemand anderer als Toede persönlich und seine vier Wachen, die wie Schweine aus vollem Halse kreischten und aus der Höhle stürzten, so schnell es ihre fetten, mit Rüstungen behängten Körper erlaubten.

»Mein Lord, was ist geschehen?« rief Groag und sprang hoch.

Die Antwort sollte er schnell erhalten. Am Höhleneingang tauchte der große Kopf eines äußerst wütenden Reptils auf. Direkt zwischen den lodernden Nüstern steckte einer von Toedes Pfeilen. Es zeigte sich schnell, daß der Kopf zu einem langen, dicken Reptilienhals gehörte, der herausglitt, bis schließlich der ganze riesige, grüne Drache vor der Höhle stand.

»Angriff! Angriffff!« kreischte Toede, während er mit den

Händen in der Luft herumfuchtelte und über das offene Gelände rannte. Seine Leibwächter folgten ihm klirrend. Mittlerweile hatten sich die Hunde umgewandt und stürzten in die entgegengesetzte Richtung. Wild kläffend zerrten sie einige der Sklaven mit sich zurück in den Wald.

Vor seiner Höhle setzte sich der Drache auf die Hinterbeine, hob den Kopf über die ihn umgebenden Kiefern und breitete die lederartigen Flügel aus wie zwei grüne Segel auf einem großen Schiff. Um den dicken, rechten Knöchel des Drachen war wie ein Fußkettchen mit einem Talisman die Kette mit dem Hirschkadaver befestigt.

»Angriffff!« kreischte Toede und flitzte weiter auf den Wald zu.

Die zwei Hobgoblins, die bei Groag geblieben waren, machten zögernd ein paar Schritte nach vorne. Die Speere zitterten in ihren Händen. »Tötet ihn! Tötet ihn!« brüllte Toede. »Beschützt euren Herrn!«

Die zwei schienen vorzuhaben, sich zur Nachhut zu gesellen, doch wurden sie von Toede nach vorne geschoben. Er stellte sich hinter ihnen auf und versuchte, die anderen fliehenden Hobgoblinwachen an den Armen festzuhalten und sie herumzuschleudern. »Wohin geht ihr, ihr Feiglinge? Bleibt stehen! Bleibt stehen!«

Aber inzwischen waren die meisten Wachen, Hunde und Sklaven, allen voran Galiot, im ganzen Wald verstreut.

Der Drache hatte den Blick auf den fetten Hobgoblin-Drachenfürsten gerichtet, der am Waldrand auf und ab hüpfte, die Fäuste schüttelte und den zwei bebenden Wachen, die er auf die Lichtung geschubst hatte, Befehle zubrüllte. Groag blieb wie angewurzelt stehen.

»Macht schon! Ihr Idioten! Worauf wartet ihr noch?« kreischte Toede.

Des Gekreisches überdrüssig, öffnete der wütende Drache

schließlich das riesengroße Maul, rollte die rosarote Zunge heraus und spie eine gewaltige Flammenladung aus, die Toede mitten bei einem Hüpfer traf. Die Flammen gingen über die Köpfe der zwei Hobgoblins hinweg, die langsam zurückwichen. Sie warfen ihre Speere von sich und flohen in die entgegengesetzte Richtung.

Toedes Gekreische wurde von den tosenden Flammen des Drachen übertönt.

Groag stand einige Schritte von Toede entfernt und mußte dessen Schicksal mit ansehen, während sein zerrissenes Gewand langsam versengt wurde. Als die Flammen sich dann endlich legten, war von seinem Herrn lediglich die glimmernde und teilweise geschmolzene Rüstung übriggeblieben.

Der Drache brüllte befriedigt auf, so daß es Kiefernnadeln von den Bäumen regnete. Dann schlug er mit einer Vorderklaue den lästigen Pfeil zwischen seinen Nüstern weg und kroch langsam in seine Höhle zurück. Mit ihm verschwanden die Kette und der Hirschkadaver, gefolgt von seinem spitz zulaufenden, stacheligen Schwanz.

In der Stille, die folgte, stand Groag, an Kopf und Schultern mit Kiefernnadeln übersät, alleine da und glotzte auf die Stelle, an der Toede nur einige Augenblicke zuvor getobt hatte. Nach einem kurzen Augenblick war er in der Lage, vorsichtig seine Beine zu bewegen. Als er sich zurück in den Wald schleichen wollte, hörte er plötzlich einen merkwürdigen Laut – wie ein hohes, quietschendes Lachen. Er hielt an und sah sich suchend nach der Quelle dieses Geräusches um.

Sein Blick fiel auf zwei kleine Wesen, die auf einem felsigen Hügel direkt über dem Höhleneingang hockten. Sie lachten so heftig, daß sie auf den Rücken fielen und sich die schmerzenden Bäuche halten mußten…

Und das war die Geschichte, die in der Taverne erzählt und im Laufe der Zeit überall auf ganz Krynn weitergegeben wurde.

Als der Fremde mit der Kapuze die Erzählung beendet hatte, sahen die Gäste erst ihn an und dann Talorin, der stolz von dem einen seiner Spitzohren zum anderen grinste. »Kender können sich an jeden schlafenden Drachen heranschleichen«, fügte er unnötigerweise hinzu.

Der alte Pug kratzte sich an den krausen Haaren. »Nun, so sei es«, meinte er. »Dann stimmt das also über Kronin.«

Ein anderer Gast, der schlaksige Mensch, klopfte dem stolzen Kender auf den Rücken.

»Und jetzt, lieber Fremde«, fuhr Talorin überschwenglich fort, »vielleicht möchtest du dich gerne für deine Befreiung bedanken. Ich wäre überglücklich, dem großen Kronin persönlich deine Dankbarkeit weiterleiten zu können.«

»Dankbarkeit?« brummte der Fremde mit der Kapuze. »Dankbarkeit? Für meine *Befreiung?*«

»Na ja, natürlich. Jedermann weiß doch, daß Toede ein schrecklicher Tyrann war, und seit jenem Tag...«

»Seit jenem Tag«, unterbrach ihn der Fremde, »bin ich sicherlich frei – aber frei wozu? Ziellos herumzuwandern? Zu hungern? Keine Bleibe zu finden? Du redest von Dankbarkeit? Schau! Schau auf meine Dankbarkeit!« Und damit warf der Fremde die Kapuze zurück. Der einst so elegante, hochnäsige und wohlgenährte Untertan des Drachenfürsten war selbst im Gesicht hager geworden und trug nur noch Fetzen.

»Groag!« kreischte der Kender und richtete sich auf.

Und bevor die anderen wußten, was geschah, hatte der Hobgoblin eine rostige, zweischneidige Streitaxt unter dem Tisch hervorgeholt und sie wutschnaubend hochgeschwungen. Und dann sauste die Axt nieder, gerade als der angetrunkene Kender zur Seite sprang. Alle um den Tisch Versammelten wichen zurück und warfen dabei ihre Stühle um.«

»Bleib stehen!« schrie der zornbebende Hobgoblin, sprang hoch und schwenkte wieder seine schwere Axt. »Ich will dir zeigen, wie verdammt dankbar ich bin!«

»Vielleicht ein anderes Mal!« rief Talorin zurück und sprang leichtfüßig auf die Tür zu.

Groag stürzte ihm nach, schlug mit der Axt zu und zertrümmerte diesmal eine Reihe von Tonkrügen auf der Theke.

»Hoppla!« schrie Talorin, »ich denke, es ist Zeit zum Aufbruch!« Und damit hüpfte er aus einem der runden Fenster. »Lebewohl!« rief er, und seine Stimme entfernte sich schon im Wald. »Ich werde Kronin Grüße von dir ausrichten!«

»Komm zurück!« tobte Groag, der mit erhobener Axt aus der Tavernentür stürzte. »Komm zurück, damit ich mich bei dir und deiner lästigen Rasse bedanken kann!«

Die zurückgebliebenen Gäste drängten sich schutzsuchend an die Wände des Raumes und sahen sich ungläubig an. Dann begann der Elf mit einem verschmitzten Zwinkern zu kichern. Seine Wangen röteten sich vor Fröhlichkeit. Die anderen stimmten zögernd ein, und bald lachten alle.

»Nun, wie gefällt euch das?« fragte der Elf, der sich die Lachtränen aus den hellblauen Augen wischte, während er zu seinem Stuhl zurückging und ihn aufhob. »Einige Leute wissen einfach nicht, wie sie Dankeschön sagen sollen.«

Jetzt lachten alle aus vollem Hals und schüttelten belustigt die Köpfe, während sie sich wieder auf ihren Stühlen niederließen und sich ihren Getränken widmeten.

Das heißt alle außer dem alten Pug. Der seufzte nur tief, als er zur Theke zurückkehrte, um die Scherben von seinen zerbrochenen Tonkrügen zusammenzufegen. Wieder einmal war ein Kender verschwunden, ohne seine Rechnung zu begleichen. Wie er es vorausgesehen hatte.

Von Ruhm und Ehre

Richard A. Knaak

Sie nannten das Dorf Drachenspitze. Für diese winzige Siedlung am Zipfel einer Halbinsel nordwestlich von Kornen war es ein gewaltiger Name. Fischstadt wäre passender gewesen. Denn alle Menschen, die in Drachenspitze wohnten, spielten beim Fischgeschäft irgendeine Rolle – ob jung oder alt, Mann oder Frau.

In diesem Teil der Welt waren Besucher selten: einige wenige Händler, eine ziellos herumwandernde Seele und hin und wieder sogar ein unbedeutender Kleriker. Ein Ritter von Solamnia hätte demnach ein derart außergewöhnlicher Anblick sein müssen, daß wahrscheinlich jeder Dorfbewohner seine Arbeit liegengelassen hätte, um vor Verwunderung zu glotzen. Zumindest war Torbin davon ausgegangen. Doch außer daß sie ihn argwöhnisch musterten und dann in ihren Häusern verschwanden, geschah weiter nichts. Sie wirkten eher verängstigt als überrascht.

Jene, die nicht wegliefen oder sich davonschlichen, sondern in seiner Nähe blieben, beobachteten ihn mit zusammengekniffenen, habgierigen Augen. Er war zwar nicht wohlhabend, aber auf diese Leute wirkte er wohl wie ein reicher König. Er fuhr mit der Hand gerade lange genug über sein Schwert, um mögliche Prahler zu warnen. Mit der Schnelligkeit eines Pfeils erreichte die Botschaft ihr Ziel. Kurz darauf stand Torbin ganz allein in dem Dorf, das er eigentlich aufgesucht hatte, um es zu beschützen.

Der junge Ritter hatte den übermächtigen Wunsch, sich der Welt als würdig zu erweisen. Er wollte sich einen Namen machen durch eine Tat, mit der er den Respekt der Älteren seines Ordens gewinnen konnte, einer Tat, die das gemeine Volk veranlassen würde, ihn mit vor Bewunderung weit aufgerissenen Augen anzustarren. Kurz und gut, obwohl er es sich nicht eingestand, geschweige denn einem anderen: Torbin wollte ein Held werden.

Die meisten seiner Kameraden waren in die dichter bevölkerten Regionen im Süden gezogen. Dort würden sie gegen einige Banditen kämpfen, einige Kleinbauern solange anstarren, bis diese verlegen wurden, dann heimkehren und sich mit ihren großartigen Kämpfen brüsten. Torbin wollte mehr als das. Er wollte einen richtigen Kampf mit einem ebenbürtigen Gegner. Darum hatte er sich entschlossen, nach Kornen und dann weiter auf die angrenzende Halbinsel zu reisen. Hier in der Nähe waren die Minotaurier zu Hause – grausame Kreaturen, halb Mensch und halb Stier, die nach ihrem eigenen Ehrenkodex lebten.

Ein Wanderer, der auf dem Weg zu freundlicheren Orten im Südwesten war, hatte ihm erzählt, daß das Dorf von einer großen Bande von Minotauriern eingeschüchtert würde. Die Stiermenschen würden die Wälder durchstreifen und an der Küste entlangmarschieren. Sicherlich würden sie eines Tages über die wehrlose Siedlung herfallen.

Torbin hielt den Wanderer zwar für jemanden, der gerne die Wahrheit ausschmückt und übertreibt, und weitere Befragungen bestätigten die Richtigkeit seiner Annahme. Die große Bande und ihre Untaten schrumpften auf einen einzigen Minotaurus und einige wenige Gerüchte über unerklärliche Vorfälle zusammen. Die Situation schien ideal zu sein.

Zwei Wochen später hatte der neue Retter von Drachenspitze sein Ziel erreicht.

Es stank dort stark nach Fisch.

Drei etwas besser gekleidete Männer empfingen ihn auf dem Dorfplatz. Aus ihrem ständigen Gezänk, wer das Wort führen sollte – keiner von ihnen schien sich um diese Ehre zu reißen –, schloß er, daß sie Mitglieder der örtlichen Regierung waren. Und tatsächlich stellte sich heraus, daß es sich um den Bürgermeister, den Vorsitzenden der Fischer und den Steuereinnehmer handelte. Torbin nahm ihnen die Entscheidung ab, indem er sein Pferd vor dem Bürgermeister halten ließ. Der Mann sah aus, als würde er gleich ohnmächtig werden, aber dennoch gelang es ihm, einen Gruß zu stammeln. Der Ritter nahm den Helm ab und erwiderte den Gruß.

Die drei Älteren wirkten ein wenig enttäuscht über seine jugendliche Erscheinung. Torbin war glattrasiert und recht gutaussehend, wenn seine Nase auch leicht gebogen war. Seine Augen waren strahlend blau, und das schien seine mangelnde Erfahrung zu betonen. Sein braunes Haar unterschied sich stark von den blonden Locken, die in diesem Dorf vorherrschend waren. Der Steuereinnehmer, ein Kümmerling von Mann, der über einer vorspringenden Nase jeden bis zur völligen Verlegenheit angaffte, rümpfte über den Neuankömmling geringschätzig die Nase. Daraufhin stießen die zwei anderen ihn an.

»Mein Name ist Torbin. Ich suche lediglich einen Schlafplatz für eine Nacht, bevor ich meine Reise fortsetze.« Da er lieber erst die Richtigkeit seiner Informationen überprüfen wollte, hatte er sich vorgenommen, seine eigentlichen Absichten zu verschweigen.

Der Bürgermeister, ein feister, glatzköpfiger Mann mit dem unpassenden Namen Hallard Eberbrecher, war daraufhin offenbar stärker beunruhigt. »Dann bist du also nicht gekommen, um uns von den Minotauriern zu befreien?«

Der Ritter versteifte sich. »Minotaurier? Ich kann mich schwach erinnern, gehört zu haben, daß die Inseln der großen Stiermenschen hier irgendwo in der Nähe sein sollen, weit draußen im Blutmeer von Istar, stimmt das?« Er wartete ihr Nicken ab. »Ich weiß nichts von eurer Not. Wieviel? Wie weit entfernt?«

Dem wirren Gerede der drei konnte er schließlich entnehmen, daß es sich wirklich nur um eine dieser Kreaturen handelte, die jedoch ursprünglich von anderen in einem Boot begleitet worden war. Der Rest hatte unverzüglich kehrtgemacht und war zurückgerudert, zweifellos um weitere Kriegsstrategien zu planen. Der zurückgebliebene Minotaurus hatte sich irgendwo am Strand niedergelassen. Aus ihren widersprüchlichen Berichten war jedoch nicht zu ersehen, wo er sich genau aufhielt, und die Entfernung zu seinem Aufenthaltsort schwankte zwischen einem Ritt von einer Stunde und einem ganzen Tag. Sie stimmten lediglich darin überein, daß dieser Minotaurus ein Kundschafter sein mußte, der Vorbote einer einfallenden Armee sein mußte. Jene, die genügend Mut aufgebracht hatten, der Kreatur nachzuspionieren, hatten berichtet, daß er jeden Tag an der gleichen Stelle saß, scharfe Stöcke aus Holz schnitt, die er gesammelt hatte, und erwartungsvoll aufs Meer hinausstarrte.

In der Phantasie des jungen Ritters entstand schnell ein großartiges Bild. Er stellte sich vor, wie er bei dem durchbohrten Körper des entsetzlichen Minotaurus stand und sein Schwert hielt, auf das der abgetrennte Kopf der Bestie aufgespießt war. Eine bessere Trophäe konnte er sich nicht wünschen. Daß ein solches Bild sich auch leicht umgekehrt denken ließ, kam ihm gar nicht in den Sinn. Schließlich war er ein Ritter von Solamnia.

Mit dem strengsten Blick, der ihm möglich war, nickte er. »Na schön. Bei Tagesanbruch werde ich hinausreiten und den

Minotaurus erledigen. Noch vor Sonnenuntergang werde ich mit seinem Kopf zurück sein. Ihr habt mein Wort darauf.«

Sie schauten zwar bei seiner letzten Bemerkung ziemlich zweifelnd drein, aber trotzdem bedankten sie sich bei ihm. Falls er erfolgreich wäre, würden sie nur zu glücklich sein, ihn mit einem Fest zu ehren. Falls er scheiterte, würden sie nicht schlimmer dran sein, als wäre er niemals aufgetaucht.

Auf Torbins Bitte verschafften sie ihm einen Schlafplatz für die Nacht. Außerdem wurde er mit dem köstlichsten Mahl bewirtet, das die Köchin des Wirtshauses jemals zubereitet hatte. Da der Ritter niemals gerne Fisch gegessen hatte, war es ihm gar nicht klar, welche Mühen die Frau auf sich genommen hatte. Wie die Dinge lagen, war er nicht imstande, den übelriechenden Fisch aufzuessen. Allerdings war sich Torbin auch der Tatsache nicht bewußt, daß sie sich aus dem einzigen Grund übertroffen hatte, daß sie überzeugt war, der junge Mann ginge in den Tod und hätte sich ein letztes gutes Essen verdient.

Torbin unternahm keinen Versuch, sich mit den Gästen zu unterhalten, die in diesem erbärmlichen Loch einkehrten, das wohl eine Dorfschenke sein sollte. Einige wenige, die sehr lange blieben, sahen nur flüchtig mit dem bekannten, gierigen Blick in seine Richtung. Der Ritter stellte fest, daß er gespannt den kommenden Tag erwartete.

Er legte sich schlafen – das Lager konnte mit sehr viel Großmut als Bett bezeichnet werden; vielmehr handelte es sich um eine Matratze auf einem Stück Holz, die unzähligen Wanzen als Heimstatt diente – und glitt trotz seiner zahlreichen, winzigen Gefährten schließlich in den Schlaf. Zu guter Letzt konnte er jedoch seine Träume genießen, in denen er seinen unglückseligen Feind auf tausend verschiedene Arten aufspießte, von denen jede noch wagemutiger und geschickter als die vorhergehende war.

Um den Minotaurus nicht zu warnen, ritt er so lautlos wie möglich. Die Spuren, auf die er stieß, waren frisch und deuteten auf ein großes Tier hin. Torbins Puls schlug schneller. In den Legenden hieß es, daß die Minotaurier geschickte Kämpfer wären und auf ihre Weise genauso gut ausgebildet wie die Ritter von Solamnia. Darüber hinaus hielten sie an einem Ehrenkodex fest, von dem die älteren Ritter mit großer Achtung sprachen.

Eine kurze Zeit lang war er gezwungen, um zahlreiche Bäume herum auf einem Weg zu reiten, der einen – gelinde gesagt – in den Wahnsinn treiben konnte. Er schlängelte sich hier und dort entlang, und einmal stellte der Ritter sogar fest, daß er in dieselbe Richtung führte, aus der er gerade erst gekommen war. Doch plötzlich krümmte sich der Weg zur Küste und führte ihn zu einem sandigen, offenen Gelände.

Zu seiner Linken erblickte er im Norden einen Schuppen, und in dessen Nähe saß der gefürchtete Minotaurus. Sein riesengroßer, gehörnter Kopf war über eine unbekannte Arbeit gebeugt.

Während er die natürliche Bodenformation nutzte, die ihm Deckung bot, machte Torbin Schwert und Schild bereit und ließ sein Pferd rückwärts laufen, um ihm mehr Zeit zu geben, die Geschwindigkeit zu steigern, bevor er mit dem Minotaurus aneinandergeraten würde. Ein Lächeln huschte über sein Gesicht. Er holte tief Atem, durchforstete eilig sein Gedächtnis nach Möglichkeiten, die er vielleicht außer acht gelassen hatte, und gab schließlich seinem Pferd die Sporen.

Die Geschwindigkeit des Schlachtrosses verringerte die Entfernung zwischen Torbin und dem Minotaurus im Nu. Der Ritter sah, daß sich sein Gegner beim aufbrandenden Lärm erhob und sich schnell umdrehte. Der Minotaurus war unbewaffnet, aber neben ihm lagen unzählige, lange, hölzerne Speere im Sand. Der Stiermensch konnte leicht nach einem greifen, bevor Torbin dicht genug für einen Angriff herangekommen wäre.

Dennoch griff der Minotaurus nicht nach seinen Waffen. Torbins grimmige Entschlossenheit wich verwirrter Empörung. Bisher hatte er noch nie einen unbewaffneten Feind niedergestreckt. Das verstieß gegen alles, was er als ehrenwert erachtete, selbst wenn er eine Kreatur wie den Minotaurus bekämpfen mußte.

Der Abstand wurde immer kleiner. Der Minotaurus hatte sich immer noch keine Waffe genommen; er machte eher den Eindruck, als wäre er zum Sterben bereit. Mit einem jähen Fluch zügelte der junge Ritter scharf sein Pferd und versuchte verzweifelt, an der Kreatur vorbeizukommen und nicht in sie hineinzureiten. Er dachte nicht daran, daß ein Minotaurus auch dann den Zusammenprall mit einem trainierten Schlachtroß überleben konnte, wenn sich das Opfer gar nicht verteidigte.

Endlich konnte Torbin das Pferd wenden. Einige Sekunden lang, in denen sich das Tier abmühte, das Gleichgewicht wiederzuerlangen, wirbelten Mann und Pferd wild herum. Bei dem verzweifelten Versuch, die Zügel festzuhalten, die ihm aus den Händen zu gleiten drohten, verlor Torbin sein Schwert. Das Pferd wieherte laut und wurde langsamer. Der Ritter gewann sein Gleichgewicht wieder und brachte das Pferd zum Stehen. Erst jetzt fiel ihm der Verlust seiner Waffe auf.

Er drehte sich um und richtete den Blick auf den Minotaurus. Die kräftige Kreatur ging gelassen zu dem Schwert hinüber und hob es auf. Er drehte die Waffe um, so daß der Knauf auf Torbin zeigte, und gab sie ihm zurück. Der Ritter schaute verständnislos drein, bevor er die Waffe annahm. Daraufhin widmete sich der Minotaurus wieder seiner Schnitzerei und sah während der Arbeit nur noch einmal aufs Blutmeer hinaus.

Torbin stellte sich mit seinem Pferd vor dem Minotaurus auf und behinderte seine Sicht. Die Kreatur sah zu ihm hoch. Torbin richtete sein Schwert auf ihn.

»Willst du dich nicht dem Kampf stellen? Man hat mir immer

erzählt, daß Minotaurier mutige, wilde Kämpfer wären und keine Feiglinge!«

Der Stiermensch blähte die Nüstern, machte aber keine Anstalten anzugreifen. Statt dessen legte er einen Stock auf den Boden und begann den nächsten zu bearbeiten. Torbins Wut wuchs. Wie sollte er sich bewähren, wenn sein Gegner den Kampf verweigerte? Sein Ehrgefühl hielt ihn davon ab, einen Gegner anzugreifen, der den Kampf ablehnte.

Der Minotaurus entschloß sich im selben Augenblick zum Sprechen. Seine Stimme war tief und rollte wie der Donner. »Ich würde mich lieber unterhalten als kämpfen, Ritter von Solamnia, der so weit von seiner Heimat entfernt ist. Bitte, gesell dich zu mir.«

Es dauerte einige Sekunden, bis die Worte zu Torbin durchdrangen. Der starrte den Minotaurus an. Mit diesen ersten Worten war der Minotaurus für ihn eine Person geworden und war kein Tier mehr, wofür so viele Menschen einschließlich Torbin die Angehörigen dieser Rasse hielten. Torbin nahm die Einladung an, ohne nachzudenken. Erst als er vom Pferd gestiegen war und seine Klinge eingesteckt hatte, kam ihm in den Sinn, daß der Minotaurus ihn schon mehrere Male mit Leichtigkeit hätte aufspießen können.

»Setz dich hierhin.« Sein ungewöhnlicher Gastgeber deutete auf eine Stelle an seiner Seite. Torbin folgte seiner Aufforderung.

»Wer bist du? Warum störst du mich? Ich mache nichts weiter, als einige Stöcke zu spitzen.« Die Verärgerung des Minotaurus war aufrichtig. Als wäre es sein Privatstrand, auf den sonst niemand einen Anspruch haben konnte. Er hielt in seiner Arbeit inne, um den Stock zu untersuchen. Mit einem Grunzen schleuderte er ihn fort.

Torbin, der nicht darauf vorbereitet war, mit einem voll ausgewachsenen Minotaurus Fragespiele zu veranstalten, nahm sich für die Antworten Zeit. Er war sich immer noch nicht sicher, ob er nicht in einer ausgeklügelten Falle saß. Minotaurier waren hochintelligente Wesen, die es genossen, ihre Überlegenheit über andere Rassen zu beweisen.

Der Minotaurus wiederholte seine Fragen. Torbin sah keinen Grund, ihm nicht die Wahrheit zu sagen. Die Kreatur nickte, während sie seiner Geschichte von seiner Ankunft in Drachenspitze, den Ängsten der Ortsansässigen und der Bitte der Stadtältesten lauschte.

Die Kreatur schüttelte den Kopf. »Menschen! Sie sind immer schnell bereit, den Schatten der Angst zum Opfer zu fallen. Deine Rasse hat einen Verstand; sie sollte lernen, ihn zu gebrauchen.«

Torbin war zwar nicht anderer Meinung, aber empfand die Behauptung stark übertrieben. Menschen, sagte er dem Minotaurus, wären nicht alle gleich. Einige wären mutig, andere Narren, einige hätten Ehrgefühl und andere wiederum wären Diebe.

»Laß uns über Ehre reden.« Der Blick des Minotaurus war auf seltsame Weise gespannt. Seine Holzschnitzerei hatte er jetzt beiseite gelegt.

Da sich Torbin niemals näher mit den Minotauriern und ihrer Lebensweise beschäftigt hatte, ließ er dem Stiermenschen den Vortritt. Die Kreatur richtete wieder die Augen aufs Meer. Torbin folgte seinem Blick, konnte aber außer der ewigen Bewegung der Wellen, die sich an den Strand wälzten, nichts sehen.

»Minotaurier sind genauso wie einige der Menschen überzeugt, daß die Ehre an allererster Stelle steht.«

Der Ritter nickte. »Ohne Ehre ist das Leben eines Menschen wertlos. Er ist verdammt. Das Schicksal von Lord Soth ist bei den Rittern von Solamnia eine Legende.«

»Ich habe die Geschichte gehört. Der Ritter, der seine Gattin wegen einer Elfenfrau verlassen hat und verdammt wurde, auf alle Ewigkeit in den Hallen seines Schlosses umzugehen und seine Verbrechen gegen seine Familie und seine Freunde stets aufs neue durchzumachen.«

»Das ist im wesentlichen richtig.«

Der Stiermensch schien etwas zu überlegen. »War er denn vor seinen schweren Verbrechen ein ehrenhafter Mann?«

»Meines Wissens ja. Soweit ich verstanden habe, genoß er bei allen Angehörigen des Ordens hohes Ansehen. Gerade das ließ sein Verbrechen ja noch entsetzlicher erscheinen. So plötzlich die Ehre im Stich zu lassen! Das ist undenkbar!«

»Offensichtlich nicht. Soth hat es getan. Ich frage mich, was er dabei empfunden hat.«

Torbin zuckte die Achseln. Nur Soth wußte die Antwort, und niemand würde das Risiko auf sich nehmen, ihm diese Frage zu stellen.

Der Minotaurus blinzelte. »Auf den Inseln bedeutet Ehre alles. Sie stellt uns über die minderwertigen Rassen. Die Elfen behaupten, sie wären ehrenhaft, aber wahrscheinlich sind sie größere Gauner als die Kender. Noch schlimmer ist, daß sie nicht zum Kämpfen bereit sind, sondern davonlaufen und sich verstecken. Und ständig schreien sie, daß es sie nichts anginge, daß sie nichts damit zu tun hätten und es nicht ihr Fehler wäre. Im Grunde sind sie ein altes, feiges Volk.«

Torbin, der niemals einem Elfen begegnet war und nur zahlreiche Geschichten von ihnen gehört hatte, konnte nicht beurteilen, wieviel Wahrheit die Behauptungen des Minotaurus enthielten. Jedoch hatte er viel von der ziemlich egoistischen Einstellung der Minotaurier im allgemeinen gehört.

»Eines Tages werden die Minotaurier von den Inseln ausschwärmen und ganz Krynn erobern. Unser Anführer behauptet das. Sein Vorgänger behauptete, wir wären die überlegene Rasse.«

Aus Furcht, daß die Unterhaltung auf einen fruchtlosen

Wortschwall über die Überlegenheit der Minotaurier gelenkt würde, für den sie berühmt waren, wagte Torbin seine Ausführungen zu unterbrechen. »Hast du nicht über Ehre geredet?«

Der Minotaurus nickte. »Auf Mitras und Kothas kämpfen wir um unseren Platz in der Gesellschaft. Im Namen der Ehre bringen wir uns gegenseitig um. Ein Minotaurus, der nicht kämpft, hat keine Ehre. Er ist ein Feigling, ein Unwürdiger.«

»Eine grausame Gesellschaft. Die Ritter von Solamnia würden so ein sinnloses Blutvergießen niemals zulassen.«

Der Minotaurus schnaubte heftig. Torbin erstarrte. Er war überzeugt, daß der Stiermensch ihn gleich anfallen würde. Als das Schnauben anhielt, erkannte der junge Ritter, daß der Minotaurus lachte. Jedoch lag in diesem Lachen kein Frohsinn.

»Ich habe viele Geschichten von den Rittern von Solamnia gehört. Ihr werdet von meinem Volk hoch geachtet. Ich kenne Geschichten von ganzen Gruppen von Rittern, die nicht von der Stelle gewichen sind, sondern weitergekämpft haben, bis sie tot waren. In vielen Fällen hätten sie die Möglichkeit gehabt, sich auf günstigeres Terrain zurückzuziehen, um an einem anderen Tag weiterzukämpfen. Ich habe von Rittern gehört, die sich das Leben genommen haben, weil sie sich vor ihren Kameraden geschämt haben.«

Torbins Hand fuhr zu dem Knauf seines Schwertes. »Es stimmt, was du da sagst; es gibt solche Geschichten. Doch du verdrehst sie so, daß es sich anhört, als wären es Handlungen von…«

»Blindem Stolz und Dummheit. Sind Ehre und Stolz wirklich so wichtig für dich, junger Ritter? Wenn ein Freund aufgrund einer Nachlässigkeit von dir stirbt, würdest du dann die Ritterschaft aufgeben?«

»Ein Ritter, der in seiner Pflicht versagt hat, ist seines Titels nicht würdig.« Dieses Zitat von einem seiner Lehrmeister fiel Torbin ohne viel Mühe ein.

»Würdest du nicht lieber deinen Fehler wiedergutmachen?«

»Mein Freund würde dadurch nicht lebendig werden. Es wäre immer noch meine Verantwortlichkeit.«

Der Minotaurus seufzte. »Wie lange würdest du für diesen Fehler bezahlen wollen? Zehn Jahre? Zwanzig? Wenn du ein Dutzend Leben retten würdest, würdest du dich dann immer noch für dieses eine Leben bestrafen?«

»Deine Frage ist mehr als lächerlich.«

»Wirklich?« Der Stiermensch betrachtete seine Hände. »Würdest du einer Person in den Rücken fallen? Einer Person, die sich überhaupt keiner Gefahr bewußt ist?«

Torbin stieß empört die Luft aus. »Ein Minotaurus mag auf diese Weise einen Mann töten, aber ein Ritter von Solamnia würde niemals so eine verruchte Tat vollbringen! Ich würde ihn herausfordern!«

»Wirklich? Und wenn du wüßtest, daß dieser Mann dich problemlos schlagen könnte? Wenn du wüßtest, daß er im Falle seines Überlebens vielen anderen den Tod bringen würde?« Die Augen des Minotaurus bohrten sich tief in die des jungen Ritters. »Ich frage dich noch einmal, sind Ehre und Stolz so wichtig? Müssen wir stets das ›Richtige‹ tun?«

Torbin antwortete nicht. Er war verwirrt. Die Worte des Minotaurus klangen irgendwie plausibel, und trotzdem konnten sie einfach nicht richtig sein.

Der Stiermensch wandte sich mit einem beinahe traurigen Ausdruck in den Augen von ihm ab. Torbin wartete, aber der Minotaurus sagte nichts mehr. Statt dessen nahm er seine Schnitzarbeit wieder auf. Der Ritter blieb sitzen und beobachtete ihn noch einige Minuten, dann erhob er sich. Der Minotaurus beachtete ihn nicht weiter und schnitzte einen anderen Speer. Torbin ging zu seinem Pferd und stieg auf.

Er ritt von dannen, ohne den Minotaurus noch einmal anzusehen oder ihm etwas zu sagen.

Der Bürgermeister, der Vorsitzende der Fischer und der Steuereinnehmer erwarteten ihn. Während er auf sie zu ritt, fiel ihm auf, daß ihre Augen immer wieder zu seinem Schwert wanderten. Er erinnerte sich an sein Versprechen und biß die Zähne zusammen. Der Bürgermeister trat vor.

»Die Bestie ist also tot? Dann wäre ich doch gekommen! Wir haben uns schon Sorgen um dich gemacht – wie dumm! Hast du ihm den Kopf abgeschnitten? Campos!« Der Vorsitzende der Fischer schob sich nach vorne und stocherte dabei in seinen gelben Zähnen herum. »Haben einige von deinen Jungs den Kadaver hierhergeschleppt? Wir stellen ihn aus, damit ihn auch alle sehen können!«

»Der Minotaurus ist nicht tot.«

Nach dem Ausdruck im feisten Gesicht des Mannes zu urteilen, hätte Torbin genausogut das erstgeborene Kind des Bürgermeisters verlangen können. Der Vorsitzende der Fischer schaute grimmig drein und spuckte aus. Der Steuereinnehmer lächelte verständnisvoll.

»Nicht tot? Verwundet? Weggelaufen, oder?«

An dieser Stelle wurde es für Torbin noch schwieriger zu antworten. »Ich habe nicht gegen ihn gekämpft. Wir haben uns unterhalten.«

»Unterhalten?!?« schrien alle drei einstimmig. Mehrere Dorfbewohner streckten ihre Köpfe aus den Türen und Fenstern, um nachzusehen, was der Lärm zu bedeuten hatte. Einige begannen zu murmeln und zeigten in Torbins Richtung. Jemand lachte höhnisch auf.

»Ich glaube nicht, daß er euch Schaden zufügen wird.«

»Feigling!« Der Bürgermeister hob die Faust, doch der Abstand zwischen ihm und dem Ritter schrumpfte nicht um einen Millimeter. »Ich hätte dich aus Drachenspitze vertreiben sollen!«

Torbins Gesicht lief vor Zorn rot an. Bei allem, was recht

war, er hatte diese idiotischen, hinterwäldlerischen Fischer nicht nötig, die ihn ohne den geringsten Grund als Feigling bezeichneten. Mit einer schnellen Bewegung zog er sein Schwert und drückte die Spitze gewandt unter das feiste Kinn des Mannes. Der Bürgermeister stieß ein Gurgeln aus und erstarrte. Jetzt strömten die Dorfbewohner aus ihren Häusern, doch keiner machte Anstalten, dem stämmigen, großmäuligen Mann zur Hilfe zu kommen.

»Ich bin nicht hierhergekommen, um mich beleidigen zu lassen. Du weißt sehr wenig über die Situation, so wie sie wirklich ist. Wenn es dich zufriedenstellt, werde ich den Minotaurus im Auge behalten. Sollte er auch nur versuchen, Schaden anzurichten, werde ich ihn erledigen. Sagt dir das zu?« In Wirklichkeit lag ihm gar nichts daran, ob es dem Bürgermeister zusagte oder nicht. Dieses Dorf, dieses ganze Gebiet konnte seinetwegen verdammt sein, es interessierte ihn überhaupt nicht. Es stank. Und die Leute stanken noch mehr.

Der Vorsitzende der Fischer flüsterte dem Bürgermeister etwas ins Ohr. Der Bürgermeister nickte, so gut er in Anbetracht der Umstände konnte. Der Steuereinnehmer schloß sich ihnen an. Torbin, der inzwischen etwas ruhiger atmete, nahm die Schwertspitze von der Kehle des Bürgermeisters. Nachdem der Mann einige Zeit geschluckt hatte, konnte er wieder sprechen.

»Es... es wurde entschieden, daß dein Vorschlag recht vernünftig ist...« Er hielt inne, als Torbin den Schwertknauf fester umklammerte. »...ich meine, *wirklich* vernünftig. Darum lassen wir dich mit der Situation fertigwerden, so wie sie ist. Vorausgesetzt...« Der Bürgermeister stockte wieder, bis er sich in Sicherheit wähnte, »...vorausgesetzt, daß du uns schwörst, die Kreatur beim ersten Anzeichen von Feind... Feindseligkeit zu töten.«

Torbin steckte sein Schwert ein und musterte alle drei voller Abscheu. »Einverstanden.«

Das Essen, das er an diesem Abend erhielt, war bei weitem schlechter als das vom Vortag, wenn das Torbin auch nicht bewußt war. Er verspürte den großen Wunsch, dieses Dorf zu verlassen. Er hatte bereits genug von Fisch und von diesen Leuten. Der Minotaurus war trotz seiner Fragen, die einen in den Wahnsinn treiben konnten, ein besserer Gefährte als diese diebischen Wurmgräber. Wäre nicht sein Stolz gewesen, wäre der junge Ritter auf der Stelle aus dem Dorf geritten. Wie jetzt aber die Dinge lagen, zog er sich lediglich früh und voller Erleichterung zurück, den Anblick der Bewohner dieses gottverlassenen Dorfes nicht mehr ertragen zu müssen, und erwartete gespannt den kommenden Tag.

Bei Sonnenaufgang war er weit vom Dorf entfernt und nahe der Küste, wo sich der Minotaurus niedergelassen hatte. Der Stiermensch war wieder dort: Es hatte eigentlich den Anschein, als hätte er sich seit dem vorhergehenden Tag nicht von der Stelle gerührt. Wie gewöhnlich schnitzte er. Torbin fragte sich, warum der Boden nicht mit diesen kurzen Speeren übersät war. Vielleicht hatte der Minotaurus sie nachts bei der Jagd aufgebraucht, überlegte er.

Er lenkte das Pferd zu dem Minotaurus. Das Tier wieherte vor Mißfallen, weil es gezwungen wurde, sich einem Wesen friedlich zu nähern, das es als große Gefahr betrachtete. Doch seine Ausbildung gewann die Oberhand: Torbin war der Herr, und ihm mußte gehorcht werden. Der Minotaurus starrte so angestrengt aufs Meer hinaus, daß der junge Ritter sich nicht sicher war, ob er seine Anwesenheit überhaupt wahrnahm.

Wie auf ein Stichwort begann der Minotaurus zu sprechen. Sein Blick bleib auf das Blutmeer gerichtet. »Willkommen, Ritter von Solamnia. Du bist früh dran.«

Torbin wußte eigentlich nichts davon, daß er eine Verabredung gehabt hätte, aber er entschied, darauf nichts zu sagen.

Heute wollte er mit dem Minotaurus reden und dabei mehr über die Heimat des Stiermenschen herausfinden. In seinem Verhalten entsprach der Minotaurus den Berichten über seine Rasse überhaupt nicht. Allerdings waren die Geschichten von blutrünstigen, arroganten Ungeheuern zu ähnlich, um völlig falsch zu sein.

Tief vergraben in seinem Unterbewußtsein, versteckt hinter zahlreichen Ausreden lag der wahre Grund für seinen Besuch: Torbin war von Zweifeln über sich und darüber geplagt, woran er bis jetzt geglaubt hatte.

»Heute bin ich zu einer Entscheidung gelangt.«

Der Ritter blickte verständnislos drein. »Eine Entscheidung?«

Der Minotaurus redete weiter, als hätte er Torbins Worte nicht gehört. »Heute bin ich zu einer Entscheidung gelangt. Ehre und Stolz sind ohne Vernunft nichtssagend. Die Entscheidung ist nicht plötzlich gefallen. Im Grunde ist es die gleiche Entscheidung, die ich schon vor langer Zeit gefällt habe. Es gibt eine Zeit zum Kämpfen, eine Zeit, sein Leben für ein anderes aufzugeben, und eine Zeit, davonzulaufen. Morgen wird das Davonlaufen beendet sein.«

»Davonlaufen?« Torbin stieg so lautlos wie möglich von seinem Pferd, um die Gedankengänge des Minotaurus nicht zu unterbrechen. Der Stiermensch ignorierte ihn. Er schien jede Welle zu beobachten und sich jede Drehung des Windes merken zu wollen.

»Minotaurier müssen um ihren Platz in der Gesellschaft kämpfen. Ein Minotaurus, der nicht kämpft, existiert nicht. Er beschämt seine Familie. Sie nennen ihn ›Kenderbalg‹, ›Elfenbastard‹ oder auch ›Menschling‹. Er wird von denen, die ihn kennen, gemieden, und von den anderen verflucht. Die Gewalt schafft die Ordnung: Die Ehre ist alles.«

Der Minotaurus drehte sich jäh zu Torbin um, der vergessen

hatte, Platz zu nehmen, so aufmerksam folgte er den Worten des anderen. »Morgen wird die Ehre wiederhergestellt. Nicht länger werden sie vor Scham ihre Köpfe gesenkt halten.« Das Wort »Scham« stieß der Minotaurus fast wie einen Fluch aus. Er schleuderte seine letzte Arbeit weit ins Meer hinaus und beobachtete, wie der Speer mit einem heftigen Platschen ins Wasser fiel und versank.

Torbin ertappte sich dabei, merkwürdig besorgt zu sein. »Was wird denn morgen passieren?«

»Ist es Stolz oder Liebe? Ist es Ehre oder Angst?« Der Stiermensch erhob sich. Zum ersten Mal sah Torbin den kleinen, geordneten Stapel kurzer Speere. Jede Spitze war hervorragend ausgefeilt. Der Minotaurus hatte ausgezeichnete Arbeit geleistet. »Verzeih mir, daß ich dich so früh verlassen muß. Es sind Vorbereitungen zu treffen, bei denen ich alleine sein muß. Bitte folge mir nicht. Ich werde niemandem etwas antun.«

Torbin erhob Einspruch, aber der Minotaurus hielt eine seiner riesigen Klauen hoch. »Ich weiß, was das Dorf denkt. Im Grunde sind es doch nur Menschen mit menschlicher Blödheit. Laß sie glauben, was sie glauben wollen. Morgen werden sie die Wahrheit erfahren.«

Der Minotaurus wählte zwei der zugespitzten Stöcke aus und wiegte sie in der Hand. Sein Geschick und sein Kenntnisreichtum wurden offensichtlich, als er den einen zugunsten des anderen fallen ließ. Als er zu guter Letzt mit zweien zufrieden war, stapfte er auf den Wald zu. Seine riesigen Füße hinterließen tiefe Löcher im weichen Sand. Torbin schätzte seine Größe auf über zwei Meter, wenn er aufrecht stand – ein über zwei Meter großer kämpfender Minotaurus! Zweifellos wäre er bei seiner Rasse als Krieger anerkannt, wenn er es gewollt hätte.

Aber er hatte es nicht gewollt. Torbin konnte nur Vermutungen über die Schicksalswende anstellen, die im Leben des anderen eingetreten sein mußte.

Kurz darauf kehrte er ins Dorf zurück. Er zwang sich, den spöttischen Blicken der Einwohner keine Beachtung zu schenken. Den Großteil des Tages verbrachte er damit, seine Ausrüstung wieder und wieder zu überprüfen, seine Übungen zu machen und das Pferd zu versorgen. Aber alles machte er halbherzig, als wollte er Zeit gewinnen. Obwohl Torbin den Gedanken nicht ertragen konnte, noch länger zu bleiben, fand er nicht den rechten Antrieb, sich bei seinem Aufbruch zu beeilen. Er spürte die Augen hinter seinem Rücken, hörte das Geflüster und die Verwünschungen.

Wieder verbrachte er die Nacht im Wirtshaus. Diesmal aß er nichts, was im entferntesten nach Fisch roch. Vor langer Zeit hatte er gelernt, sich von dem zu ernähren, was der Boden hervorbringt. Er zog nicht einmal in Erwägung, etwas anderes zu essen; alles, was in diesem Dorf gekocht wurde, hinterließ im Mund einen bitteren Geschmack.

Als er im Morgengrauen erwachte, war die Entscheidung, das Dorf zu verlassen, unwiderruflich in seinem Bewußtsein verankert. Trotzdem neigte sich der Tag fast dem Mittag zu, und er war trotz aller Entschlossenheit immer noch mit Packen beschäftigt. Und dann wurde ihm die Entscheidung abgenommen.

Der Minotaurus hatte das Dorf betreten.

Die Leute gerieten in Panik. Frauen zerrten ihre Kinder von den Straßen. Männer eilten zu den Stadtältesten und verlangten, daß etwas geschehen sollte. Die Stadtältesten wiederum, angeführt von dem nicht gerade eifrigen Bürgermeister, eilten zu Torbin und verlangten, daß er sein Versprechen einhalten sollte oder die Folgen tragen müßte. Torbin fragte sich vergeblich, welche Folgen der Bürgermeister wohl im Sinne hatte, falls er wirklich glaubte, daß der Minotaurus das Dorf zerstören würde. Ging er davon aus, daß der Minotaurus warten würde, bis er an der Reihe wäre?

Der Stiermensch schlich sich nicht in die Stadt. Er ging stolz und aufrecht seines Weges, obwohl ihm die zahlenmäßige Überlegenheit der Dorfbewohner bewußt war – falls sie ihren Mut entdecken sollten. Selbst der größte Mann im Dorf reichte ihm gerade an die Schulter. In den Augen des Minotaurus lag Verachtung; Drachenspitze war gewiß kein Beweis für die Kraft und Stärke der Menschen. Es stank. Die Leute waren schmutzig und feige. Von ihnen allen verdiente lediglich der Ritter von Solamnia Respekt. Doch er war ein Außenseiter. Die anderen verdienten nichts – nicht einmal Beachtung.

Minotaurus und Ritter trafen sich auf dem Dorfplatz. Torbin verzichtete darauf, sich dem anderen beritten zu zeigen, auch wenn es ihm einen psychologischen Vorteil gebracht hätte. Der Minotaurus hatte in keiner Weise zu verstehen gegeben, daß er zum Kämpfen gekommen war. Torbin konnte nicht weniger tun.

Der Stiermensch zeigte seine leeren Hände und grüßte den Ritter. Torbin erwiderte den Gruß. Inzwischen waren die meisten Dorfbewohner verschwunden; einige wenige verwegene Seelen wagten es, sie zu beobachten. Der Bürgermeister und seine Verbündeten blieben – eher aus Angst um ihre Positionen als um ihr Leben – tatsächlich nur einige Meter von ihrem Treffpunkt entfernt auf der Straße stehen. Der Minotaurus warf nicht einmal einen Blick in ihre Richtung.

»Ich bin zu dir gekommen, weil du unter diesem Pöbel der einzige bist, der beachtenswert ist.« Der Minotaurus atmete stoßweise, als wäre er gerannt oder wegen irgend etwas aufgeregt. Torbin musterte seine kräftige Gestalt. Außer einem Lendenschurz trug der Minotaurus nichts. Obwohl die fellbedeckte Haut leicht glänzte, war es nicht der Schweiß von einer körperlichen Anstrengung. Die Neugier des Ritters verstärkte sich.

»Was möchtest du von mir?« Torbin bemühte sich nicht zu flüstern. Niemand war in der Nähe, der ihn hätte hören können.

Es war für den Stiermenschen schwer, die Worte herauszubringen. »Ich bitte dich, mir zurück zum Strand zu folgen. Heute wird das alles zu einem angemessenen Abschluß gelangen. Das Dorf wird mich nicht länger zu fürchten brauchen.«

Der Ritter wollte mehr erfahren, aber sein geübtes Auge erkannte, daß der Minotaurus unter schwerer Anspannung stand und sich trotz seines recht friedlichen Verhaltens von denen entfernen wollte, die er für minderwertig hielt. »Ich muß mein Pferd holen.«

»Eine Stunde. Nicht später.« Und nach kurzer Überlegung fügte er hinzu: »Bitte beeil dich. Die Zeit ist knapp.«

Der Minotaurus wandte sich zum Aufbruch und bemerkte wieder, daß die Dorfbewohner aus seinem Blickfeld huschten, sobald er sie ansah. Mit einem wütenden Blick, der jedoch nicht dem Ritter galt, sondern dem Dorf und was es darstellte, drehte er sich wieder zu Torbin. »Sie leben hier in ständiger Angst, und dennoch bleiben sie. Ein dummes Volk. Noch etwas kannst du ihnen ausrichten: Sollten sie sich heute dem Strand auch nur nähern, wird der Zorn der überlegenen Rasse über sie kommen. Lediglich Asche wird den früheren Standort dieses Dorfes kennzeichnen. Verstehe es bitte richtig. Das ist keine Drohung, sondern eine bloße Tatsache.«

Torbin blieb stehen und grübelte über das ganze Ausmaß der Worte des Minotaurus nach, während er beobachtete, wie der Stiermensch stolz einherschritt und jeden Menschen auf seinem Weg absichtlich musterte. Der Ritter bezweifelte, daß eine Warnung erforderlich war. Es war eher Dickköpfigkeit als gespielte Tapferkeit, die die Dorfbewohner hier am Zipfel der Halbinsel hielt. Über ihre Vorfahren konnte Torbin nur Vermutungen anstellen. Die gegenwärtigen Bewohner von Drachenspitze waren jedoch keinesfalls Abenteurer.

Er übermittelte dem Bürgermeister und jenen Dorfbewohnern, die sich bereits aus ihren Häusern gewagt hatten, die Botschaft des Minotaurus und wurde durch ihre Reaktionen mehr als zufriedengestellt. Torbin empfand für diese Leute genausowenig Liebe wie der Minotaurus; aber es war seine Pflicht, sie zu beschützen. Aus diesem Grund allein – ganz gewiß war das aber nicht sein Hauptgrund – würde er den Minotaurus zum festgelegten Zeitpunkt aufsuchen.

Er kehrte zu seinem unruhigen Pferd zurück und bestieg es. Ihm wäre es lieber gewesen, wenn es losgestürmt wäre, aber er zwang sich, das Tier unter Kontrolle zu halten, und ließ es langsam durch die Dorfstraße traben. Der Bürgermeister, der offenbar nichts Besseres zu tun hatte, als auf den Straßen herumzustehen, wünschte ihm noch viel Glück bei seinem Vorhaben – die Bewohner von Drachenspitze waren überzeugt, daß jetzt endlich die große Schlacht stattfinden würde. Torbin richtete die Augen nach vorne und gab keine Antwort. Er würde die Wahrheit erklären, wenn alles vorüber sein würde.

Der Minotaurus war bereits am Strand, als Torbin ankam. Der riesengroße Stiermensch war erstaunlich schnell. Er schwitzte und atmete schwer, aber er war alles andere als erschöpft. Er grüßte den Ritter mit einem leichten Nicken seines großen, gehörnten Kopfes. Torbin stieg vom Pferd und setzte sich zu ihm. Der Minotaurus wartete, bis er wieder regelmäßig atmen konnte, bevor er zu sprechen begann.

»Dem Dorf droht von meinem Volk keine Gefahr. Wahrscheinlich wird das auch niemals der Fall sein. Drachenspitze ist nichts – lediglich eine stinkende Pfütze Unrat deines Volkes. Andererseits könnte sich für uns die Anwesenheit dieser Menschen als sehr wichtig erweisen. Wir können auf sie zeigen und sagen: ›Seht sie euch an – seht mal, wie schwach und erbärmlich sie sind‹.«

Die dunkelbraunen Augen wanderten zum vertrauten Horizont. Torbin folgte automatisch seinem Blick und glaubte, in der Ferne etwas erkennen zu können. Einen Fleck, weiter nichts.

Nach einem animalischen Schnauben sprach der Minotaurus weiter: »Mein Volk. Trotz ihrer Tapferkeit und ihrer Verachtung gegen die ›minderwertigen‹ Rassen sind sie in manchen Dingen minderwertiger als Gossenzwerge.«

Die Worte des Stiermenschen verblüfften Torbin. In Anbetracht dessen, was er von dieser Rasse erfahren hatte, grenzten diese Worte an Verrat. Der Minotaurus lächelte auf eine tierhafte Weise, doch es war eher ein höhnisches als ein freudiges Lächeln.

»Unseren Fehlern gegenüber sind wir blind. Die minderwertigen Rassen haben keinen Grund, uns zu fürchten. Wir werden uns weiterhin gegenseitig umbringen und verstümmeln, um unsere individuelle Überlegenheit zu beweisen und in der Gesellschaft aufzusteigen. Solange wir uns erinnern können, verfahren wir so, und so werden wir bis zum Letzten Tag verfahren. Es ist unsere Lebensweise: Es ist zur... Gewohnheit geworden.«

Die Augen des Minotaurus sahen unverwandt aufs Blutmeer. Jetzt weiteten sie sich sogar ein wenig. Torbin, der geübt war, auf derartige Kleinigkeiten zu achten, richtete seine Aufmerksamkeit ebenfalls auf das Meer. Der Fleck war immer noch da, aber inzwischen war er nähergerückt, so daß man ihn näher bestimmen konnte.

Es war ein Boot.

Er hörte den Minotaurus leise stöhnen und sah ihn an. Die kräftige Kreatur stand auf und streckte sich. Seine animalischen Gesichtszüge verzerrten sich, als er versuchte, die Stirn zu runzeln. »So beginnt es aufs neue. Um ihretwillen.«

Die Worte schienen nicht an Torbin gerichtet zu sein. Vielmehr waren es unbewußte Gedanken, die zufällig laut ausgesprochen wurden. Der Minotaurus spähte aufmerksam auf das näherkommende Boot, als ob er sich vergewissern wollte, daß es wirklich da war. Dann bückte er sich und begann, die besten Speere auszuwählen.

Torbin reagierte sofort. Falls die Passagiere im Boot Ärger bedeuteten, war er mehr als bereit, seine Kraft diesem Minotaurus zur Verfügung zu stellen, den er allmählich als einen Gleichgesinnten betrachtete. Zu seiner Überraschung hielt eine Hand ihn jedoch ab, die Klinge zu ziehen. Er wandte sich um und starrte in die unergründlichen, dunklen Augen des Stiermenschen.

»Ich schätze deine Anteilnahme, Mensch, aber ich kann nicht zulassen, daß du dein Leben aufs Spiel setzt. Dies ist meine Schlacht. Ich bitte dich nur darum, alles zu beobachten.« Erst nachdem der Ritter einen Schwur geleistet hatte, ließ der Minotaurus seine Hand los.

Mit unglaublicher Geschwindigkeit kam das Boot dem Strand immer näher. Obwohl Torbin etwas ähnliches hätte erwarten sollen, verschlug ihm der Anblick die Sprache. Die Mannschaft bestand ausschließlich aus Minotauriern, und in seinen Augen unterschieden sie sich kaum im Aussehen; sie trugen Rüstungen und Schwerter und Dreizacke. Ihm fiel auf, daß sie alle den Minotaurus am Strand anstarrten, wann immer es ihnen möglich war.

Als das Boot auf Grund lief, sprangen vier seiner Insassen heraus und halfen, es weiter auf den Strand zu ziehen. Angesichts der Kraft in den Armen und Beinen, die sie offensichtlich hatten, überkam Torbin ein Gefühl der Ehrfurcht. Er versuchte, sich eine große, koordinierte Minotaurierstreitmacht vorzustellen, und erschauderte. Es war doch besser, wenn sie sich gegenseitig umbrachten, als wenn sie sich gegen die Welt richteten. Ohne ihr brutales Verhalten untereinander wären sie sicher schon vor langer Zeit über den östlichen Teil des Kontinents hergefallen.

Torbins Freund murmelte: »Ich habe versucht, sie von der Idiotie, sich gegenseitig zu bekämpfen, abzubringen. Erst später erkannte ich, wohin das führen würde. Glücklicherweise waren sie zu beschämt, mir zuzuhören.«

Insgesamt waren es sechs Minotaurier. Keiner von ihnen war so groß wie der Minotaurus am Strand. Sie begrüßten ihn ernst und feierlich. Der Minotaurus erwiderte ihren Gruß. Der Anführer der Gruppe warf dem Ritter einen finsteren Blick zu.

Torbins Gefährte sprach. »Ein Ritter von Solamnia, der zum Beobachten hier ist. Die Regeln erlauben – nein, verlangen – einen derartigen Zeugen.«

Der Anführer schnaubte. Seine Stimme war noch tiefer als die des anderen. »Wir grüßen dich, Ritter von Solamnia. Die Ehre deines Ordens geht dir voraus.« Er hielt inne und dachte über die Erklärung des Minotaurus nach. »Ich akzeptiere dich als Zeugen, obwohl ich glaube, daß zum allerersten Mal ein Angehöriger einer anderen Rasse für einen möglichen Verurteilten eintritt.«

Torbin zwang sich, einen nichtssagenden, formalen Gruß zu stammeln. Ähnlich wie beim Fisch und doch anders blieb ein schlechter Geschmack im Mund zurück.

Der Anführer wandte sich wieder Torbins Freund zu. »Bist du dir einig geworden?«

»Ich bleibe dabei. Meine Meinung hat sich nicht geändert.«

Der Neuankömmling wirkte fast traurig. Er umklammerte den Knauf seines Schwertes fester. »Dann gibt es weiter nichts zu sagen.«

»Nichts. Wir mögen beginnen, wann immer du es wünschst.«

Zu seinen Gefährten gewandt, befahl der Anführer: »Bildet einen Kreis! Wechselt euch in der Reihenfolge ab!«

Drei Minotaurier waren mit Dreizacken bewaffnet. Ebenfalls drei, darunter auch der Anführer, hielten große Breitschwerter in den Händen. Jeder Minotaurus, abgesehen von Torbins

Freund, trug einen Brustharnisch und Schutzbänder an den Armen und Fußgelenken. Die sechs bildeten einen Kreis und hielten ihre Waffen in zeremonieller Manier vor sich.

Der erste Minotaurus trat mit zwei seiner besten, handgeschnitzten Speere in die Mitte. Er grüßte die anderen. Sie erwiderten den Gruß. Der Anführer rief etwas in einer Sprache, die Torbin nicht verstand. Die sechs begaben sich in Kampfstellung. Die Gestalt in der Mitte machte fast unverzüglich dasselbe.

Ein Dreizack bewegte sich blitzschnell auf den eingekreisten Minotaurus zu.

Da er lediglich mit zwei Stöcken bewaffnet war, duckte sich dieser unter dem Wurf. Der Angreifer zog sich zurück, doch an seine Stelle traten zwei andere. Der verurteilte Stiermensch trug von ihrem Angriff eine klaffende Wunde am rechten Arm davon. Ohne jedoch eine Spur von Schmerz zu zeigen, wehrte er beide Waffen ab.

Der Kampf begann ernst zu werden.

In schneller Reihenfolge traten sie einer nach dem anderen nach vorne und wechselten sich mit Würfen, Stößen und Gegenangriffen ab. Das Blut floß in Strömen. Ein Angreifer ging zu Boden. Sein Schwert schlug in der Nähe des Verurteilten auf. Der bewegte sich aber nicht darauf zu. Die Spitze eines Dreizacks traf ihn an der Brust. Er grunzte und taumelte auf ein Knie. Der übereifrige Vollstrecker stürmte voller Erwartung in den Kreis, den Kampf zu Ende führen zu können. Er wurde mit einem Speer begrüßt, den der eingeschlossene Minotaurus ihm mit erstaunlicher Kraft in die Kehle stieß.

Doch der Verlust dieser Waffe sollte das Verderben des verurteilten Stiermenschen einleiten. Ihm blieb keine Zeit, eine der Waffen, die auf den Boden gefallen waren, zu ergreifen. Jetzt konnte er sich nur noch mit seinem anderen Speer verteidigen. Die Spitze eines Schwertes traf den unversehrten Arm.

Ein Dreizack grub sich tief in seine Brust. Der Minotaurus wich zurück. Immer noch hielt er nur die einfache Waffe umklammert.

Drei der Minotaurier zogen sich zurück. Ein einziger mit einem Dreizack bewaffneter Vollstrecker trat zu der blutenden, zusammengekauerten Gestalt. Der Minotaurus auf dem Boden schloß die Augen.

Torbin erinnerte sich später, daß er an dieser Stelle etwas geschrien hatte, aber die genauen Worte waren ihm für immer entschwunden. Einer der Minotaurier wandte sich zu ihm um und stellte sicher, daß er sich nicht einmischte. Seine Gefühle tobten und schrien und forderten ihn auf, einzugreifen und den endgültigen Stoß zu verhindern – doch Ausbildung und Schwur hielten ihn zurück. Ihre leeren Worte ließen ihn einhalten.

Der Dreizack sauste mit schrecklicher Geschwindigkeit nieder.

Es war schnell vorüber. Über dieses Ergebnis hatte niemals Zweifel geherrscht, doch über den möglichen Schaden zuvor. Schwerter waren gestoßen und Dreizacke geworfen worden. Und die ganze Zeit über hatte Torbins Freund mit zwei einfachen, gespitzten Stöcken versucht, sie abzuwehren und gleichzeitig eigene Ziele zu treffen.

Der Verurteilte lag zusammengekrümmt da, die abgebrochenen Spitzen eines Dreizacks ragten aus seiner Brustseite heraus. Den Besitzer des Dreizacks kümmerte der Verlust seiner Waffe nicht mehr; kaum einen Meter entfernt lag er ausgestreckt da, Blut floß aus seinem Hals. Ganz in der Nähe der beiden lag eine dritte, schlaffe Gestalt auf dem Boden. Eine klaffende Bauchwunde war sein Untergang gewesen.

Von den vier überlebenden Minotauriern war keiner ohne Verletzungen davongekommen. Der Anführer trug stolz eine ausgefranste Schnittwunde am rechten Arm zur Schau, die er vor dem eigenen letzten Stoß mit seiner Waffe erhalten hatte.

Zwei von ihnen, die nur geringfügig verletzt waren, versuchten, bei dem dritten einen Teil des Holzspeers aus dem Bein zu entfernen.

Nachdem die drei Minotaurier ihrem Gefährten mit der Beinverletzung ins Boot geholfen hatten, kamen sie zurück, um die Toten aufzuheben. Sie trugen ihre gefallenen Kameraden zum Boot, ignorierten aber den letzten Leichnam.

Torbin konnte es nicht länger ertragen. Er hatte geschworen, sich nicht einzumischen, und den Schwur hatte er auch gehalten. Doch die Gefühllosigkeit der Stiermenschen hatte ihn entsetzlich mitgenommen. Mit gezogenem Schwert trat er nach vorne und schrie ihnen derart heftige Flüche zu, daß sie sie einfach nicht überhören konnten.

Zuerst dachte er, sie würden ihn alle angreifen. Doch der Anführer hob den unversehrten Arm und hielt seine Krieger von jeglicher Handlung ab. Alleine ging er gelassen zu dem Ritter.

»Wir haben keinen Streit mit dir, Ritter von Solamnia. Du bist hier lediglich als Zeuge, sonst nichts. Dräng dir selbst kein Unglück auf.« Der Minotaurus beäugte Torbins Waffe, als wäre sie ein Kinderspielzeug. Verglichen mit seinem großen Schwert war sie es wohl auch nur.

»Ihr könnt ihn nicht so zurücklassen! Er hat sich gegen eine unglaubliche Übermacht verteidigt, und er hat hervorragend gekämpft!«

Der Minotaurus warf dem Leichnam einen gleichgültigen Blick zu. »Das wurde von ihm erwartet... um seine Feigheit wiedergutzumachen. Er hat Schande über seine Familie gebracht, so groß und stark wie er war... bis jetzt.« Der kalte Blick heftete sich auf Torbin. »Das verstehst du nicht. Trotz allem bist du nur ein Mensch, wenn auch ein Ritter von Solamnia.«

Torbin umklammerte seinen Schwertknauf fester. »Dann erkläre es mir. Bitte.«

Der Stiermensch seufzte. »Seine Familie ist bedeutend und mächtig. Seit zehn Generationen stellen sie einen Krieger – ein lebendes Symbol unserer Überlegenheit. Er sollte das Symbol dieser Generation werden.« Die Stimme wurde leiser. Die Kälte glitt ohne Warnung davon und enthüllte ein Wesen, das den Schmerz in seinem Innern bekämpfte. »Einige behaupten, daß er bei seinen Reisen auf dem Kontinent auf einen Kleriker gestoßen sein muß. Die sind dafür bekannt, Angehörige unserer Rasse aufzusuchen und sie für die schwachen Götter der Menschen und anderer Rassen zu gewinnen und zu bekehren. Niemand hätte das von ihm erwartet. Nicht dieses Predigen von Frieden, von Zwergen und Kendern, die gleichberechtigt neben uns wären – ha! – oder daß wir die Spiele aufgeben sollen! Wie sonst können wir unseren Platz in der Gesellschaft finden? Wen sollten wir als unsere Anführer bestimmen? Etwa eine nicht reinrassige Kuh?«

Der Minotaurus versteifte sich, und sein Gesicht wurde wieder zu einer Maske. »Also wurde er vor die Wahl gestellt. Seine Familie war in Ungnade gefallen. Der Kampf war ihre einzige Hoffnung. Wir wollten sehen, ob seine Feigheit so groß sein würde, seine Familie mit sich nach unten zu reißen, denn sie hätte dafür gebüßt, wenn er sich dem Kampf verweigert hätte. Diese Schwäche muß ihm vererbt worden sein.«

Torbin steckte sein Schwert in die Scheide, rührte sich aber nicht vom Fleck. »Das? Das war ein Kampf?«

»Er hätte weglaufen können. Wir ließen ihm tagelang Zeit, sich vorzubereiten oder zu fliehen.«

»Das ist keine Wahl.«

Wieder seufzte der Minotaurus. »Wie ich schon sagte, kannst du unsere Einstellung zur Ehre nicht verstehen. Das ist nicht dein Fehler. Vergiß es und kehre zu deiner Art zurück. Die Waagschalen sind wieder im Gleichgewicht: Seine Familie hat ihre Ehre zurückerhalten.«

»Er verdient ein Begräbnis.«

»Seine Ehre ist verteidigt worden. Doch seine Verbrechen können niemals gesühnt werden. Es ist verboten, Verbrecher auf heimatlichem Boden zu begraben.«

Einer der anderen Minotaurier kam herbei, stellte sich hinter den Anführer und flüsterte ihm etwas zu. Der Anführer dachte einen Augenblick nach und nickte. »Dieser hier würde gerne mit dir alleine reden. Er ist ein Verwandter des Verurteilten.«

Der Anführer kehrte zum Boot zurück. Der Neuankömmling rümpfte die Nase in Torbins Richtung, offensichtlich fand er seinen Geruch unangenehm. Er zeigte auf den Leichnam. »Mir wurde die Erlaubnis gewährt, dich um einen Gefallen zu bitten.«

Verwirrt ließ der Ritter den Minotaurus weitersprechen.

»Trotz seiner Schwäche hätte ich für meinen Verwandten gerne ein Begräbnis mit irgendeiner Zeremonie. Bevor er vom Wahnsinn befallen wurde, war er ein guter Mann.«

Torbin fragte sich insgeheim, wer eigentlich wirklich verrückt war. Laut aber sagte er: »Was möchtest du von mir?«

»Du scheinst ein Fr... ein Gefährte oder Bekannter zu sein. Ich bitte dich, ihn zu beerdigen. Ich werde dich für die Zeit, die du dafür aufwendest, entschädigen. Ich weiß, daß ihr Menschen Ge...«

Entsetzt über die Anspielung, schnitt der Ritter ihm das Wort ab. »Ich werde ihn begraben. Ich will kein Geld.«

Der Minotaurus blinzelte verwirrt, dann nickte er langsam. »Ich danke dir. Ich muß jetzt zum Boot zurück.«

Torbin beobachtete, wie die Kreaturen das Boot zurück ins Wasser schoben. Dann erst wurde ihm klar, daß der Minotaurus, der ihn um die Beerdigung seines Verwandten gebeten hatte, auch der letzte Vollstrecker gewesen war. Er fragte sich kurz, ob wohl auch das ein Brauch bei den Minotauriern war.

Der Anführer sah kurz zu ihm, unternahm aber keinen Versuch zu reden. Torbin beobachtete weiter, wie die Minotaurier langsam die Heimreise antraten. Er wandte sich erst ab, als nur noch ein winziger Fleck am Horizont zu erkennen war.

Der Ritter wählte eine Stelle in der Nähe des Schuppens, die den neugierigen Augen der Ortsansässigen verborgen blieb. Es war kein tiefes Grab: Oben war der Boden zu locker und zwei, drei Meter tiefer zu hart. Außerdem mußte er mit den handgefertigten Werkzeugen vorliebnehmen, die sein Freund, der Minotaurus, zurückgelassen hatte.

Er betete für ihn bis zum Sonnenuntergang. Dann erhob sich Torbin mit steifem Körper und wanderte zu dem Schuppen hinüber. Er fand das kleine, grobe Messer, mit dem der Stiermensch seine Speere hergestellt hatte. Nachdem er es genau betrachtet hatte, steckte er es in einen seiner Beutel.

Sein Pferd begrüßte ihn voller Tatendurst. Das müßige Herumstehen und die Gerüche der Minotaurier hatten ihm endlose Enttäuschung bereitet. Torbin besänftigte das Tier und bestieg es langsam. Er schaute sich nicht um.

Trotz der späten Stunde rief sein Auftauchen im Dorf große Aufregung hervor. Die Bewohner drängten sich um ihn und fragten, ob die Bestie tot wäre. Der Bürgermeister und seine Kumpane spürten ihn fünf Minuten später auf, als er gerade den Rest seiner Ausrüstung auf seinem Pferd verstaute.

»Ist das wahr? Hast du die Bestie ins Jenseits befördert?« Der Atem des Bürgermeisters roch nach Fisch und Bier.

»Der Minotaurus ist tot.« Torbin konzentrierte sich auf sein Gepäck.

Die Gruppe ließ brausenden Beifall hören. Der Bürgermeister erklärte den folgenden Tag zum Feiertag. Ein Fest würde stattfinden, und jeder Dorfbewohner sollte mit Speisen und Getränken einen Beitrag leisten. Der siegreiche Ritter von Solamnia würde als Ehrengast auftreten. Zahlreiche Mitglieder des

Stadtrates wetteiferten bereits um den Standort des Ehrentisches. Andere bildeten Ausschüsse und Unterausschüsse zur Planung und Gestaltung des Festes. Einige wenige sprachen davon, den Leichnam ins Dorf zu bringen. Schließlich verstreuten sich die meisten Dorfbewohner, um Vorbereitungen für den nächsten Tag zu treffen.

Als Torbin endlich mit dem Packen fertig war, bestieg er sein Pferd und ritt im Trab davon. Die Dorfbewohner lächelten in seine Richtung oder verbeugten sich, während andere ihm verwirrt nachsahen. Der Ritter hielt seinen Blick auf den Weg gerichtet.

Am Rande des Dorfes wurde er von dem atemlosen Bürgermeister eingeholt. »Herr Ritter! Wohin gehst du? Wirst du morgen nicht bei unserem Fest dabeisein? Wir möchten dir Ehre erweisen.«

Torbin zog die Zügel fest und brachte das ausgebildete Schlachtroß zum Stehen. Er drehte das Tier herum und erwiderte eine halbe Minute lang den Blick des dicken Mannes. Unter seinem Blick zuckte der Bürgermeister wie ein kleines Kind zusammen.

So jäh wie er angehalten hatte, lenkte Torbin sein Pferd auf den Pfad zurück und ritt im Trab davon.

Er schaute sich nicht um.